2017 zu Köln

- in dankbarer Erinnerung an meine Familie -

Pascal Ringstahl

SCRUNCH

-Zwillingshunde-

tredition

Website: www.ringstahl.com

Druck und Distribution im Auftrag des Autors:
Tredition GmbH, Heinz-Beusen-Stieg 5, 22926 Ahrensburg, Germany

Inhaltsverzeichnis

Kapitel 1

Eine umwerfende Nacht. Die angenehme Wärme umhüllte die Sinne, die Sterne funkelten am Himmel und eine sanfte, lauwarme Brise trug die verheißungsvolle Ahnung des nahenden Sommers heran. Dieser Beginn versprach ein aufregendes Wochenende.

Der Freitagabend brach an und Sandra fand sich auf dem glanzvollen Jahrmarkt wieder. Am späten Nachmittag hatte sie sich nach der Schule mit ihren Freundinnen getroffen. Erst führte sie der Weg in ihr geliebtes Stamm-Café, bevor sie, im Zuge des allmählichen Eintretens der Dunkelheit, zum großen Volksfest mitten in der Großstadt aufbrachen. Das Volksfest war wahrlich beeindruckend, gespickt mit einem atemberaubenden Fünfer-Looping, einer gewaltigen Wildwasserbahn und einem majestätischen Riesenrad, das sich stolze 60 Meter in die Höhe erhob. Der Festplatz war in einem gewaltigen Kreis angelegt und strahlte in der Abenddämmerung mit bunten Lichtern. Die rhythmische Musik dröhnte aus den Lautsprechern, begleitet von gelegentlichem Hupen, dem Surren der Fahrgeschäfte und den fröhlichen Durchsagen der Rekommandeure aus ihren kleinen, engen Kassenhäuschen. Sandra sog die charakteristische Jahrmarktluft tief ein, die nach gebrannten Mandeln, Zuckerwatte und frischen Reibekuchen duftete. Der Festplatz war lebendig, von Familien mit ihren lachenden Kindern bis hin zu verliebten Paaren, die geduldig in der Schlange für eine romantische Riesenradfahrt standen. Und dann gab es noch die typischen, jugendlichen Besucher, die mit aufgepumpten Muskeln, sorgfältig frisierten Haaren, knappen Hosen und immer einem schelmischen Lächeln für die weiblichen Gäste aufwarteten. Die Kirmes dauerte eine volle Woche und für viele war es die eine Woche im Jahr, in der sie nach aufregenden Affären oder heißen Flirts suchten. Doch auch einige nutzten die Kirmes, um ihre langjährigen Beziehungen ihren besten Freundinnen vorzustellen, die bis dato nichts von deren Existenz wussten. Sandra hatte sich für diesen Abend besonders schick gemacht. Sie trug eine dunkle Jeans mit kunstvoll gestalteten Löchern, schwarze 10-Loch *Dr. Martens* und ein schlichtes weißes Top, das ihre weiblichen Reize dank eines darunter getragenen Push-up-BHs betonte. Obwohl Sandra erst im Dezember ihren 17. Geburtstag gefeiert hatte, wirkte sie bereits reifer und erwachsener. An diesem Abend hatte sie sich mit ihrem neuen Freund, von dessen Beziehung bis dato nur sie und er selbst wussten, auf der Kirmes verabredet. Doch sie hatte sich eine raffinierte Inszenierung überlegt. Sandra war eine atemberaubende, schlanke junge Frau mit einer tiefen Stimme und einer direkten Art, die sie bei Jungen und Männern begehrt machte. Doch die meisten, die ihr begegneten, sehnten mehr als nur Freundschaft. Sie warf ihre blonden, langen

Naturlocken in den Nacken und blickte hinüber zu einem jungen Mann, der Kaugummi kauend am „*Break Dancer*“ Karussell stand. Dieses aufregende Fahrgeschäft bestand aus einer leicht geneigten, 18-eckigen Drehscheibe, auf der sechs Gondelkreuze in gleichmäßigen Abständen platziert waren. Gerade beschleunigte das Fahrgeschäft seine rasante Fahrt und die charakteristischen Geräusche des Drehscheibenantriebs – ein Heulen und Singen – untermalten die mitreißende Disco-Musik. An den Gondelkreuzen waren jeweils vier Gondeln angebracht, in die jeweils bis zu zwei Fahrgäste Platz nehmen konnten. Elektromotoren trieben die Drehscheibe und die Gondelkreuze an, was die Gondeln in eine aufregende Drehbewegung versetzte. Ähnlich wie die Drehscheibe waren die Gondeln schräg an den Gondelkreuzen befestigt, konnten jedoch frei um ihre eigene Achse schwingen. Der Fahrtwind blies Sandras Haare erneut in ihr Gesicht. Sie strich sanft und beinahe in Zeitlupe die vorderen Strähnen hinter ihre Ohren, sodass sich ein klarer Mittelscheitel bildete. Sandra trug in ihren Ohren auf beiden Seiten jeweils fünf Kreolen. Diese Entscheidung hatte sie bei einer Übernachtungsparty mit ihren Freundinnen getroffen, gegen den Wunsch ihrer Eltern. Die anfänglichen

Schmerzen und Entzündungen hatten sich gelohnt und sie fühlte sich stolz, da sie sich zum ersten Mal gegen den Willen ihrer Eltern gestellt hatte. Ein Lächeln schlich sich auf ihr Gesicht, als sie den jungen Mann anblickte, der weiterhin Kaugummi kaute. Sie selbst konnte Kaugummi nicht ausstehen. Für sie schien „Kaugummi kauen" die merkwürdige psychologische Wirkung zu haben, dass die Kaugummikauer dachten, sie wären cool oder etwas Besonderes. In Wirklichkeit sah es für sie eher albern aus. Sie erinnerte sich an eine Fernsehaufzeichnung, bei der das Publikum aufgefordert wurde, den Kaugummi aus dem Mund zu nehmen, da es vor der Kamera lächerlich und peinlich aussah. Deswegen kaute sie selbst nie Kaugummi. Nun begann sie, den Kaugummi des Jungen fantasievoll und übertrieben in der Luft zu kauen, um ihn zu imitieren. Der Junge musste lächeln und bewegte sich langsam und im Takt der Musik in ihre Richtung. Er trat vor sie und musterte sie von oben bis unten. In ihrem Hintergrund bemerkte er drei Mädchen, die kichernd beisammenstanden. Wahrscheinlich waren es ihre Freundinnen. Sandra schaute den Jungen nach wie vor an und sagte herausfordernd: »Hast du noch Speisereste in den Zähnen oder warum kaust du so schnell?« Ihr wurde bewusst, dass sie recht frech zu ihm war, vielleicht trieb sie einfach die gute Laune an. Der Junge deutete auf seine Ohren und sagte: »Leider höre ich nichts von dem, was du sagst.« Sandra schaute ihn fragend an, da sie selbst durch die laute Musik nichts verstanden hatte. »Was?«, schrie sie ihn fragend an. Er trat näher an sie heran, seine Lippen fast an ihrem Ohr. »Was hast du eben gesagt? Und übrigens, 'Hallo', freue mich, dass du hier bist«, erwiderte er. Sandra überlegte, ob sie das Gleiche wiederholen sollte, was sie vorhin gesagt hatte. »Schön, dass du hier bist«, sagte sie und schaute in seine grünen Augen. Unauffällig musterte sie ihn von oben bis unten. Seine weißen Turnschuhe schienen frisch gewaschen zu sein, bevor er auf den staubigen Jahrmarktplatz gekommen war. Der Festplatz des Jahrmarktes war bei gutem Wetter oft staubig wie ein Aschenplatz. Obwohl seine Turnschuhe Gebrauchsspuren zeigten, waren sie fast wie neu. Seine enge Jeans betonte seine durchtrainierte Figur und das weiße Hemd mit Stehkragen stand ihm ausgezeichnet. Er brachte seine Lippen wieder nahe an ihr Ohr. »Sag mal, sind das deine Freundinnen etwas weiter hinter dir? Sollen wir langsam mal mit dem Spielchen beginnen?«, fragte er, während er sanft über ihren Oberarm strich und sich ihre feinen Armhärchen aufrichteten. Ein leichter Schauer lief ihr über den Rücken, als seine Lippen nur noch Millimeter von ihrem Ohr entfernt waren. Er kaute auf seinem Kaugummi und atmete den Duft ihrer Haare ein. Schließlich berührten seine Lippen leicht ihr Ohrläppchen. Sandra nickte zustimmend auf seine Frage, ob das ihre Freundinnen seien. Sie bewegte ihren Kopf leicht zurück und sagte, »Ich mag Kaugummikauer nicht. Das wirkt so albern. Man glaubt, man wäre cool, dabei sieht es aus, als würde man Speisereste zwischen den Zähnen herausholen und darauf herumkauen.« Der Junge hörte auf zu kauen und kam noch näher an sie heran. »Ganz schön frech, Kleine«, erwiderte er und legte seine Hand ungefragt auf ihre Hüfte. Sie schluckte und schaute auf die Hand, die sanft ihre Hüfte massierte. Dann sah sie ihm in die Augen und bewegte ihr Gesicht näher zu seinem. Er schaute tief in ihre blauen Augen. Sie nahm ihre rechte Hand und griff hinter seinen Kopf, zog ihn zu sich heran. Er hielt kurz inne, spuckte den Kaugummi auf den Boden. Sie lächelte. Seine Lippen näherten sich wieder ihren, und sie küssten sich leicht und flüchtig, berührten sich zärtlich. Er schob sanft seine Zunge gegen ihre Unterlippe. Anfangs zuckte sie leicht zusammen, dann erwiderte sie den Kuss und berührte seine Lippen mit ihrer Zunge. Er zog sie noch näher an sich heran und drückte seine Zunge behutsam in ihren Mund. Sie erwiderte den Kuss und ließ es geschehen. Die Musik und das Aufheulen der Motoren, als der *Break Dancer* wieder Fahrt aufnahm, der Wind, der über ihre Haut strich – all das fühlte sich an wie ein Rausch, auf den sie schon so lange gewartet hatte. Der Junge stöhnte leicht auf und legte auch seine andere Hand auf ihre Hüfte, zog sie näher an sich. Sie hörten nicht auf, sich zu küssen, und seine Hände wanderten über ihren durchtrainierten Po, kneteten ihn leicht. Sie hörte auf ihn zu küssen und schaute ihm in die Augen. »Du Sau«, kokettierte sie und küsste ihn direkt weiter. »Diese kleine Drecksschlampe«, sagte eine ihrer Freundinnen aus dem Hintergrund. Es war Sonja, die kräftige Rothaarige. »Du bist ja nur neidisch«, erwiderte Nadine, die dunkelhaarige Freundin, und jubelte Sandra weiter zu. »Ich wusste schon immer, dass sie eine Schlampe ist. Sie macht einen auf unnahbar, und sobald der erste Typ auftaucht, knutscht sie rum. Na ja, er sieht wirklich verdammt gut aus.« »Ach, lass sie doch. Sobald uns jemand anspricht, machen wir dasselbe«, stimmte Sonja nickend zu. »Ja, nimm dir, was du brauchst«, jubelte sie. Sie alle gönnten Sandra den Spaß. In der Hoffnung, dass der Junge nicht allein auf der Kirmes war und vielleicht noch Freunde von ihm auftauchen würden, gingen sie weiter. Der Junge hörte auf, Sandra zu küssen, blieb aber mit seinem Gesicht an ihrer Wange und schaute zu den Mädchen. Er flüsterte ihr ins Ohr: »Wussten sie wirklich nicht, dass wir uns seit 2 Monaten kennen?« »Nein. Lass sie ruhig in dem Glauben, dass ich ein Miststück bin«, flüsterte sie ihm zu. »Denn das fühlt sich irgendwie gut an.« Er schaute ihr ins Gesicht, strich eine blonde Strähne hinter ihr Ohr, die vom Fahrtwind des *Break Dancer* wirbelte. »Wenn das so ist, machen wir das Spiel einfach weiter. Lass uns Achterbahn fahren«, schlug er mit einem Augenzwinkern vor, ergriff ihre Hand und zog sie zur Achterbahn. Als Sandra an den Freundinnen vorbeiging, ließ sie kurz seine Hand los und sagte: »Er ist so heiß!« Sie wirkte dabei sehr aufgeregt. Ihre Freundinnen lächelten und freuten sich mit ihr. »Los, kommt mit, wir gehen auf den Fünfer-Looping. Der letzte Wagen ist der Coolste.« Dann drehte sie sich um, hüpfte vor Freude wieder zu dem Jungen, nahm seine Hand und gab ihm einen kurzen Kuss. Er ließ ihre Hand los, legte seinen Arm fest um ihre Hüfte und ging langsam mit ihr und ihren Freundinnen zur *Olympia-Looping*-Achterbahn. Der Junge, der Sandra zur Achterbahn eingeladen hatte, hieß Marc. Sie hatte ihn vor über zwei Monaten im Supermarkt kennengelernt, als sie gerade nach dem Sport einen Kasten Mineralwasser kaufte. Marc sah aus wie ein Model, mit vollem, halblangem Haar, glatter, gebräunter Haut und einem Tanktop, dass seine jugendlichen Muskeln betonte. Sandra hatte sich auf den ersten Blick in ihn verliebt, konnte aber kein Wort herausbringen. Er drängte sich angenehm an sie und brachte den Kasten Wasser mit auf den Parkplatz, wo ihre Mutter im Auto wartete. Er überredete sie, sich am nächsten Tag zur gleichen Zeit und am gleichen Ort wiederzutreffen, und das taten sie dann auch. So schaffte er es langsam und Schritt für Schritt, ihr Herz zu erobern. An der Kasse des Fünfer-Loopings übernahm er großzügig die Zahlung für sie beide. Marc war bereits 23 Jahre alt und arbeitete als Mechaniker mit abgeschlossener Ausbildung in einer *Toyota*-Kfz-Werkstatt. Arm in Arm schlenderten sie zum Bahnhof des Fünfer-Loopings, auch bekannt als *Olympia Looping*. Der vollbesetzte Zug fuhr ein und die Fahrgäste stiegen aus. Die Strecke des *Olympia Loopings* beeindruckte mit einer Fahrbahnhöhe von 32,5

Metern und einer Gesamtlänge von rund 1250 Metern, auf der die Züge Geschwindigkeiten von bis zu 100 km/h erreichten. Der höchste Looping hatte einen Durchmesser von 20 Metern. Fünf Züge waren gleichzeitig auf der Rundstrecke unterwegs und in jedem Zug konnten vier Personen in je 7 Wagen Platz nehmen. Sandra und Marc setzten sich in den letzten Wagen, während ihre Freundinnen Sonja und Nadine in der Reihe vor ihnen Platz nahmen. »Na toll, jetzt muss ich allein fahren«, bemerkte Vivienne, während sie enttäuscht auf ihre Freundinnen blickte. Sie fühlte sich oft wie das fünfte Rad am Wagen, wenn sie mit ihren Freundinnen unterwegs war. Dieses Bild bestätigte sich gerade, da niemand mit ihr fahren wollte. Vivienne beschwerte sich noch ein wenig, und einer der Aufseher bekam es mit und wandte sich an die wartenden Fahrgäste: »Wer will sich erbarmen und neben diesem armen Seelchen Platz nehmen?«, fragte er lachend. Ein hagerer rothaariger Brillenträger quetschte sich durch die Menge und setzte sich neben Vivienne. »Hallo«, stotterte er schüchtern und zog den Sicherheitsbügel an sich. Vivienne stöhnte nur auf und verdrehte die Augen, lehnte sich zurück und schaute zu Sandra. »Du schuldest mir jetzt etwas«, sagte sie zu Sandra und zeigte auf ihren hageren Sitznachbarn. Sandra lachte und wandte sich wieder Marc zu, um ihn noch einmal intensiv zu küssen. »Gleich nach der Fahrt kommt deine Entschädigung«, versprach sie. Der Zug fuhr los, und die Fahrt begann. Mit einem lauten Quietschen ging es in die erste Abfahrt, und die Fahrgäste spürten die Aufregung und den Nervenkitzel. Marc legte beruhigend seine Hand auf Sandras Hand, die den Haltebügel auf ihrem Schoß krampfhaft festhielt. »Alles gut?«, fragte er sie. Sie gab ihm einen Kuss und erwiderte: »Schön, dass du bei mir bist.« Dann konnte sie nur noch schreien, als der Zug durch Loopings und Kurven raste. Das Gefühl der Schwerelosigkeit und das Kribbeln in ihrem Bauch waren unbeschreiblich. Marc jubelte und streckte seine Arme weit aus, während Sandra sich sicherheitshalber weiter am Haltebügel festhielt. Die Freundinnen vor ihnen jubelten ebenfalls, und die Fahrt ging weiter mit atemberaubenden Loopings, Abfahrten und Kurven. Nach einer aufregenden Fahrt kam der Zug wieder im Bahnhof an, die Sicherheitsbügel öffneten sich automatisch und alle stiegen aus. Die Mädchen lachten fröhlich und euphorisch durch den Adrenalinschub. »Willst du uns deinen Begleiter nicht vorstellen?«, fragte Nadine Sandra. Sandra und Marc lachten. Sandra schüttelte den Kopf und sagte: »Nun gut, ich muss es gestehen. Das ist Marc und wir kennen uns schon seit über zwei Monaten.« Marc nahm sie wortlos in den Arm und sie schauten zu den verdutzten Mädchen. »War gar nicht mal so leicht, das vor euch geheim zu halten«, gestand er. »Ja, ihr seid ihm schon ganz oft begegnet, habt es nur nie bemerkt«, sagte Sandra mit einem breiten Grinsen auf ihren Lippen. »Für einen Moment habe ich echt gedacht, du wärst wirklich eine richtige Schlampe«, fügte Nadine scherzhaft hinzu und deutete dabei auf Marc. »Aber, wenn es so ist, warum habt ihr das gemacht?«, fragte sie, während sie dabei fragend die Schultern zuckte. »Nur um den Gesichtsausdruck von euch Dreien zu sehen, während wir eben rumgemacht haben«, sagte Sandra herzhaft lachend. »Außerdem wollte ich nicht, dass mein Bruder davon erfährt. Ihr habt alle Kontakt zu ihm, und ihr wisst, dass er keine Möglichkeit auslässt, um mich bei Mom und Dad schlechtzumachen. Wenn ich jetzt vor dem Schulabschluss mit einem Freund auftauche, dann hätte ich Angst, dass sie dagegen sein könnten.« Marc drückte sie fester an sich und signalisierte, dass er zu ihr halten würde, egal was passierte. »Willst du es deinen Eltern sagen?«, fragte er schließlich. Sandra zögerte einen Moment, dann nickte sie zustimmend. »Ja, morgen machen wir bestimmt wieder unseren Familienausflug in den Wald. Wenn die Stimmung gut ist, werde ich es ihnen sagen.« »Ich denke nicht, dass dein Vater etwas dagegen hat. Du hast einen coolen Dad. Er sieht gut aus und wirkt sehr locker«, sagte Vivienne. Sandra schaute etwas verdutzt. »Findest du, dass mein Dad gut aussieht?«, fragte sie. »Aber Hallo! Deine Mutter kann froh sein, so jemanden zu haben. Gutaussehend, sehr erfolgreich im Job, und ich finde, verdammt cool!« Plötzlich wurde Sandra von hinten angerempelt. Ein schlanker Mann, ganz in Schwarz gekleidet, mit einem Hut, war gegen sie gestoßen. »Verzeihung«, entschuldigte er sich und ging weiter. »Was war das denn für einer?«, fragte Nadine und schaute ihm nach. Sandra winkte ab. »Es ist verdammt voll, da kann er ja nichts für. Jetzt bitte keinen Stress machen.« Sonja schaute zu Marc hinüber und schlug sich leicht mit der flachen Hand gegen die Stirn. »Mist. Dann ist er auch nicht mit Freunden hier und wir schleppen nichts ab«, fügte sie hinzu. Marc nickte zustimmend. Er hatte niemanden mitgebracht, denn er wollte mit Sandra und ihren Freundinnen allein sein. Seine Kumpels sah er oft genug.

Sandra wollte keine weitere Antwort von ihren Freundinnen abwarten und wandte sich direkt an Marc. »Kannst du uns bitte ein paar Bier holen gehen?«, fragte sie ihn. Marc wusste, dass hier niemand von den vier Mädchen Alkohol bekommen würde, da auf das Alter und den Verkauf an Minderjährige streng geachtet wurde. »Geht klar, das ist überhaupt kein Problem!«, antwortete er. Sandra bedankte sich bei ihm mit einem Kuss. Da keiner von ihnen ein Auto besaß, musste auch niemand auf seinen Alkoholpegel achten. Marc kam mit einem Kranz aus zwölf Bieren und acht kleinen Schnäpsen zurück. Er hielt den Kranz in die Mitte und die vier Mädchen griffen gierig danach. Die Biere wurden schnell getrunken, begleitet von viel Gelächter. Die kleinen Schnäpse folgten gleich danach. »Das tat gut«, sagte Sandra und griff gleich in Marcs Hosentasche, um eine Packung Zigaretten der Marke *Coffin* herauszuholen. Sie hielt sie in die Mitte und alle Mädchen nahmen sich gierig eine Zigarette. Das Feuerzeug ging von Hand zu Hand, und es wurde schnell und entspannt geraucht. »Wenn meine Mutter das riecht, gibt es wieder Stress«, sagte Nadine besorgt. »Du musst vorher das Gesicht waschen und den Mund mit Mundwasser ausspülen«, schlug eine andere vor.

»Hab sogar Mundspray dabei, falls jemand welches braucht«, sagte Vivienne. »Ja, ich. Sonst bin ich heute Abend auch einen Kopf kürzer«, fügte Sonja lachend hinzu. »Marc, kannst du uns nochmal etwas zu trinken holen, bitte?«, fragte Sandra und Marc ging freudig. Er hoffte innerlich, dass Sandra ihn noch öfters fragen würde. Denn er wusste genau, je mehr sie trinken würde, desto betrunkener würde sie werden. Vielleicht würde dann in dieser Nacht noch etwas passieren. Sandra war immer sehr zurückhaltend. Küssen in allen Variationen war für sie in Ordnung, aber mehr gab es auch nicht. Mit ein bisschen Alkohol im Spiel könnte sich das ändern. Nach der zweiten Runde waren alle vier Mädchen sehr schön angeheitert und begaben sich schließlich auf einen leicht schwankenden und lustigen Weg über den Kirmesplatz. Vor dem *Ranger*, einer Überkopffahrt in einer großen blauen Gondel, blieben sie stehen. Der *Ranger* besaß eine Gondel, die für 40 Personen Platz hatte. Diese Gondel war an einem Arm befestigt, an dessen anderer Seite sich ein Gegengewicht befand. In einer immer gleichbleibenden Kreisfahrt bestand so die Fahrt nur aus Überschlägen. Sandra tippelte auf der Stelle. »Los kommt, lass uns da draufgehen«, sagte sie und zog dabei an Marc in

Richtung Kasse. Marc merkte, dass Sandra doch schon sehr beschwipst war. An der Kasse legte sie das Geld auf den Zahlteller und tanzte dabei mit den anderen Mädchen zur Begleitmusik, die die Fahrt des *Rangers* untermalte. Die große blaue Gondel hielt an und die Gitter vor den Einstiegen in die enge Gondel öffneten sich. Die Fahrgäste stiegen auf der hinteren Seite aus und die neuen Fahrgäste auf der Vorderseite ein. Marc, Sandra und ihre Freundinnen setzten sich hinten in die letzte Reihe. Die Seitengitter wurden geschlossen und die schwarzen Sicherheitsbügel schlossen sich automatisch mit leichtem Druck über den Oberschenkeln der Fahrgäste. Mit kurzen Schaukelbewegungen vor und zurück startete die Fahrt, bis die Gondel irgendwann auf dem höchsten Punkt ankam und die Fahrgäste kopfüber in 20 Metern Höhe hingen. Dort verweilte sie einige Minuten und die Fahrgäste jubelten. Dann setzte die Fahrt wieder ein und das riesige blaue Schiff überschlug sich immer und immer wieder in der gleichen Kreisbewegung. Sandra jubelte jedes Mal vor Freude, wenn sich das Schiff an der höchsten Stelle überschlug. Doch langsam merkte sie, dass der Alkohol und die ewige Kreisfahrt sich auf ihren Magen auswirkten. Darum war sie erleichtert, als die Gondel nicht mehr den Überschlag schaffte und nur noch auspendelte. »Puh, das war auch höchste Zeit«, murmelte sie vor sich hin. Die Gondel hielt an, und alle stiegen aus. Sandra und ihre Freundinnen taumelten schon etwas. »Noch was zu trinken?«, fragte Marc lächelnd. Sandra nahm ihn in den Arm und ging mit ihm den Ausgang des Fahrgeschäfts entlang. »Besser nicht, zumindest nicht für mich«, sagte sie und schaute sich nach den anderen Dreien um, die gleichzeitig abwinkten. »Gib mir lieber eine Zigarette«, bat sie. Marc reichte ihr die Schachtel, und Sandra zündete sich sofort eine an. »Lass uns noch ein bisschen herumschlendern und dann am Autoskooter halten«, schlug sie vor und deutete in Richtung des Eingangs. Dort stand ein Zwei-Säulen-Autoskooter mit einer Lichtanlage, die größer war als in jeder Disco. Hier konnten kleine Elektroautos, die über Stromabnehmer versorgt wurden, frei über eine Fläche gesteuert werden. Die Fahrzeuge waren gegen Rempler mit einem breiten Gummiring gesichert. Insgesamt bewegten sich 30 Fahrzeuge auf der Fahrfläche des Autoskooters, und er war sehr gut besucht. Das Podium war von Jugendlichen belagert und belegt. Die Musik dröhnte aus den Boxen. Sandra ging zur Kasse und holte ein paar Fahrchips. Als die

Chaisen stehen blieben und ein Wechsel der Fahrgäste anstand, sprang sie mit Marc in einen Wagen. Die Mädchen warteten am Fahrbahnrand und flirteten mit einer Gruppe von Jungs, die immer wieder zu ihnen hinüberblickten. Die Fahrt begann und Sandra gab Vollgas. Sie rammte alle Fahrzeuge, die ihre Bahn kreuzten oder nicht schnell genug aus dem Weg waren. Marc lachte die ganze Zeit und hielt sich in einigen Momenten die Augen zu. »Wenn du jemals so Auto fährst, werde ich nie mit dir fahren«, scherzte er. »Dafür muss ich erst einmal den Führerschein bekommen«, erwiderte Sandra lachend und rammte einen Wagen vor sich. »Und das ist ein sehr, sehr langer Weg«, fügte sie hinzu und schob den Wagen vor sich her, bis er in eine weitere Gruppe von Fahrzeugen krachte und die ganze Fahrbahn nur noch aus einem chaotischen Knoten von Chaisen bestand, die nicht mehr fahren konnten. Die Mädchen hatten sich in der Zwischenzeit zu der Gruppe von Jungs gestellt und begannen zu flirten. Die Fahrt war zu Ende, und Sandra sprang aus dem Wagen, gefolgt von Marc. Sie ging zu Nadine. »Aha, ihr habt interessante Bekanntschaften gemacht«, bemerkte sie und zwinkerte in Richtung eines Jungen, der Nadine die ganze Zeit aufmerksam ansah. Nadine lächelte. »Wir fahren noch kurz mit dem *Musik-Express*«, sagte sie und nahm Marc bei der Hand. »Gleich sind wir wieder zurück.« Sie gingen die Stufen vom Autoskooter hinunter in Richtung *Musik Express*. Marc hielt Sandra im Arm. Auf dem Weg fragte er: »Willst du wirklich morgen deinen Eltern von uns erzählen?« Sandra überlegte einen Moment. »Ja, das habe ich vor. Wie immer werden wir den typischen Familienausflug in den Wald machen, und dann werde ich das Thema zur Sprache bringen«, erklärte sie planend und euphorisch. Schließlich erreichten sie den ebenfalls dicht umlagerten *Musik-Express*. Es war eine Raupenbahn, bei der der durchgehende Gondelkreis im hohen Tempo über eine hügelige Wellenbahn raste, nur ohne eine sich schließende Decke. Durch die Lautsprecher der Bahn klang die Ankündigung: »Die nächste Fahrt geht rückwärts!« »Oh ja«, jauchzte Sandra und sprang direkt in eine Gondel, gefolgt von Marc. Da die Zentrifugalkraft sie sowieso nach außen drücken würde, kuschelte sie sich schon zu Beginn in seinen Arm. Die Fahrt begann und drehte sich immer schneller und schneller. Für Sandra, die die ganze Zeit in den Zelthimmel des Fahrgeschäfts schaute, schien die Zeit während der fünfminütigen Fahrt stillzustehen. Als die

Fahrt endete, kehrten sie zum Autoskooter zurück, wo die drei Mädchen bereits ihre Abendbegleitungen gefunden hatten. Jeder der drei Mädchen hatte einen potenziellen Freund im Arm und machte Blödsinn. Sandra stellte sich mit Marc zu ihnen und zündete sich eine weitere Zigarette an. Ein Junge aus der Gruppe, für den keines der Mädchen Interesse zeigte, stellte sich neben Sandra. Marc legte demonstrativ den Arm um Sandra, um zu zeigen, dass sie zusammengehörten. Der Junge verstand das und zog sich schmollend zurück. Sandra zog an ihrer Zigarette und warf einen Blick auf ihre schwarze Analoguhr. Marc schaute auf seine moderne Digitaluhr. »Wann musst du eigentlich los?«, fragte er sie. »So langsam, damit ich die letzte Bahn noch erwische«, antwortete Sandra. Im Gegensatz zu ihren Freundinnen wohnte sie nicht in der Stadt, sondern etwas weiter außerhalb in einer kleinen Ortschaft mit gerade einmal 3000 Einwohnern. Dass dort eine Straßenbahn fuhr, war schon ein Highlight. »Willst du, dass ich dich zur Bahn bringe?«, fragte Marc. Sandra zog noch einmal kräftig und tief an ihrer Zigarette. »Ja, lass uns losgehen. Dann ist es auch nicht so stressig und wir müssen nicht hetzen.« Sandra schnippte die Zigarette auf eine freie Fläche, stand auf, trat die

Zigarette auf dem Boden aus und schaute zu ihren Freundinnen. »Wir sehen uns am Montag in der Schule«, sagte sie. »Ja, mach's gut. Wir werden dir dann berichten, was noch alles passiert ist«, fügte Nadine hinzu und zwinkerte in Richtung eines anderen Jungen, der etwas abseits der Gruppe stand. Sandra lächelte und schaute zu Marc. »Dann komm«, sagte sie, nahm wieder seine Hand und ging mit ihm in Richtung Bahn. Je weiter sie sich vom Kirmesplatz entfernten, desto mehr verblasste die Magie der Lichter der Fahrgeschäfte, und langsam wurde es still um sie herum.

Kapitel 2

Es war schon nach Mitternacht, sehr dunkel und die Straßen waren leer auf dem Weg zur Bahn. Sandra wollte noch die letzte Bahn erwischen, sonst hätte sie sich ein Taxi nehmen müssen und mit ihren siebzehn Jahren hätte sie nicht so viel Geld dafür gehabt. Überhaupt war sie froh, dass Marc sie öfters aushielt und auch heute Abend mehr als einmal eingeladen hatte. Sie wusste, dass er irgendwann dafür mehr verlangen würde als nur ein bisschen Knutschen. Aber dafür war sie noch nicht bereit. Nicht dass sie nicht schon oft daran gedacht hatte, wie es wohl wäre, mit Marc zu schlafen und ihre Jungfräulichkeit zu verlieren. Aber sie fühlte sich nicht unter Druck und auch wenn die anderen Mädchen öfters darüber sprachen, es war noch genug Zeit, bis es passieren würde. Und wenn, dann spontan und nicht lange geplant. Denn wenn man etwas zu weit plante, dann passierte es nicht oder wurde ganz anders, als wie man es sich erhoffte. Sie hatten die Bahnhaltestelle erreicht. Es warteten nicht viele Fahrgäste am Bahnsteig. Sandra zählte gerade einmal zehn Personen, die gelangweilt auf die Bahn warteten. Die Informationstafel zeigte *-Nächste Bahn in fünf Minuten-* an. »Dauert ja nicht mehr lange. Die Bahn ist gleich« da sagte Sandra und legte ihre Hände um Marcs Hals. »Klingt ja schon fast so, als wärst du froh, wenn die Bahn gleich da ist«, sagte er spöttisch. »Übertreib nicht. Du weißt doch, wie ich das meine. Wir haben schon nach Mitternacht und ich finde es eh immer wieder verwunderlich, wie ich es schaffe so lange wegzubleiben, ohne dass meine Eltern was sagen oder sogar merken« fügte sie hinzu. Marc gab ihr einen langen Kuss. Er griff in seine Hosentasche und nahm die Packung Zigaretten und ein Feuerzeug heraus und steckte es in Sandras vordere Hosentasche. »Hier, falls dir am Wochenende einmal langweilig sein sollte«, sagte er lächelnd. »Wenn die mich damit erwischen, kann ich einen Monat nur zu Schule und sonst nichts. Das wäre dann Hausarrest« sagte sie und wollte die Zigaretten wieder zurückgeben. Sie zögerte kurz. »Obwohl, wer weiß, was passiert und ich mag rauchen doch so sehr.« Sie überlegte, warum sie eigentlich angefangen hatte, zu rauchen. Seitdem sie denken konnte, kreisten ihre Gedanken immer um Zigaretten und den blauen Dunst. Mit Vierzehn hatte sie dann eine halb volle Packung auf der Straße gefunden und mit Genuss aufgeraucht. Seitdem war sie immer auf der Suche nach Zigaretten oder der Möglichkeit an welche zu kommen. Sie war froh, dass Marc auf ihre Zigaretten aufpasste oder ihr welche besorgte. Alkohol war für sie nicht so interessant, wie diese Glimmstängel. Die Bahn fuhr ein. Sie küsste Marc noch einmal lange und intensiv, ging dann zur Türe der Bahn und stieg ein. Sie schaute nochmal kurz zurück. »Wir sehen uns am Montag«, rief sie ihm noch zu. Er winkte kurz, warf ihr eine Kusshand zu und beobachtete, wie sich die Türen schlossen, Sandra am Fenster Platz nahm und die Bahn langsam losfuhr. »Freue mich schon«, sagte er zu sich selbst, schaute auf die Uhr, drehte sich um und ging wieder Richtung

Jahrmarkt. Sandra hatte in der Bahn am Fenster Platz genommen. Es war eine lange Bahnfahrt. 30 Minuten würde sie schon brauchen, bis sie in ihrem kleinen Dörfchen ankommen würde. Selbstvergessen blickte Sandra aus dem Fenster der Bahn, während die Landschaft draußen vorbeizog. Normalerweise tauchte der Sonnenuntergang die Welt in warme, goldene Farben, die sich auf den Feldern und Wiesen widerspiegelten. Der Anblick war atemberaubend, und sie konnte nicht anders, als sich in die Schönheit der Natur zu verlieren. Aber diesen wunderschönen Anblick hatte sie diesmal nicht. Es gab nichts anderes zu sehen als Dunkelheit. Ihr gegenüber saß ein älterer Mann, um die 70, der sehr interessiert in der Abendausgabe der Tageszeitung schmökerte. Sandra schaute aus dem Fenster und ihre Gedanken schweiften ab. Sie dachte an ihre Familie, ihren Vater Bruce und ihre Mom Debbie. Die beiden waren seit deren Jugend ein Paar und jetzt im mittleren Alter, mit drei Kindern. Ihr Bruder Alex war der Älteste mit achtzehn Jahren, dann gefolgt von ihr und da gab es noch ihren Bruder Pat. Pat war gerade erst neun Jahre alt geworden. Die Familie war froh, dass er überhaupt so alt geworden war. Er litt unter einer Stoffwechselkrankheit und die Ärzte hatten gesagt, dass er wohl nicht älter als sieben Jahre werden würde. Aber, darum waren sie auch auf das Land gezogen, tat ihm die frische Luft gut und er erfreute sich bester Genesung. Ihr Vater, Bruce, ein wirklich durchtrainierter bestaussehender Mann, mit einem charmanten Lächeln, war bei der Firma *FingerCap* beschäftigt. Welche Position er in der Firma hatte oder was dort überhaupt hergestellt wurde, wusste sie nicht. Ihr Vater redete nie über seine Arbeit. Angeblich stellte die riesige Firma, die mitten in einem Feld nicht allzu weit von ihrem zu Hause entfernt lag, Fertighäuser her. Die Tätigkeit und Position von ihrem Vater schien in der Wirtschaftswelt ein gut gehütetes Geheimnis zu sein. Die Gerüchte über die Produktion von Fertighäusern hatten sich nie bestätigt. Ein einzelnes Musterhaus und ein streng bewachtes Werksgelände, das war alles, was die Öffentlichkeit zu sehen bekam. Jetzt, wo sie so darüber nachdachte, desto merkwürdiger fand sie es. Die Fenster waren alle vergittert und es gab einen eigenen Security-Service auf dem Werksgelände. Sie schüttelte leicht den Kopf. Bei nächster Gelegenheit würde sie ihn einmal fragen. Direkt nach der Schule hatte Bruce die Arbeit bei *FingerCap* angenommen, um für sich und seine Frau Debbie zu sorgen. Als sie sich ihrem Heimatdorf näherte, stieg eine gewisse Aufregung in ihr auf. Es war bereits spät, und die Gedanken an die Freiheit des nächtlichen Jahrmarkt-Ausflugs verschwammen langsam. Bald würde sie wieder in den Alltag eintauchen, aber die Erinnerungen an diese besondere Nacht würden für immer in ihr Herz eingebrannt bleiben. Selbstvergessen starrte Sandra weiter aus dem Bahnfenster, ihre Gedanken wirbelten zwischen Erinnerungen an ihre Familie, insbesondere ihren Vater Bruce, und den Bildern des nächtlichen Ausflugs. Bruce hatte stets hart gearbeitet, sein gutes Einkommen ermöglichte nicht nur ein angenehmes Leben, sondern auch Debbies Möglichkeit, zu studieren, ein Traum, den sie sich stets erfüllen wollte. Bruce war ein attraktiver Mann in seinen besten Jahren. Mit vollem, dunklem Haar und einem gepflegten Bart strahlte er Selbstbewusstsein aus. Er war groß, schlank und sportlich. Täglich joggte er, unbeeindruckt von den Wetterbedingungen. Ein leichter Bauch war das einzige Zeichen der Zeit, aber das störte sie keineswegs. Er legte Wert auf sein Äußeres, von seinen Händen bis zu seinen Füßen. Regelmäßige Pediküre gehörte zu seinem Pflegeritual. Er war ein fürsorglicher Vater und ließ keinen Wunsch seiner Kinder unerfüllt.

Trotz all seiner Qualitäten hatte er einige Eigenheiten. Sein Sternzeichen, Jungfrau, brachte eine gewisse Strenge und nachtragendes Verhalten mit sich. Über Jahre hinweg vermochte er immer wieder alte Streitigkeiten hervorzukramen, selbst wenn sie längst beigelegt waren. Sandra konnte es nicht verhindern, seine Aktivitäten in den Nächten durch die dünnen Wände ihres Zimmers zu verfolgen, insbesondere seine lauten und unverhohlenen Bitten. Diese Erfahrungen hinterließen bei ihr gemischte Gefühle und erklärten möglicherweise ihre Zurückhaltung, sich in intime Beziehungen zu stürzen. Debbie, Sandras Mutter, war das genaue Gegenteil von Bruce. Sie war eine feine liebevolle Frau mit einem Herz aus Gold und stets darauf bedacht, die Familie zusammenzuhalten. Mit ihrem üppigen Busen, der stolz die Schwerkraft trotzte, und den praktischen Outfits, war sie nicht das, was man als glamourös bezeichnen würde. Ihre Priorität war die Familie, und sie war für Wochenendausflüge, gemeinsame Frühstücke und Einkaufsausflüge verantwortlich. Sandra hatte den Verdacht, dass Debbie möglicherweise einen Flirt mit dem Postboten genoss. Sie hatte es einmal beobachtet, wo sie später zur Schule musste. Es gab keine handfesten Beweise, nur ein flüchtiger Verdacht. Debbie drängte Sandra oft dazu, nicht zu aufreizend gekleidet zu sein, doch sie hielt an ihrem eigenen Stil fest. Sie hatte nicht seit ihrer Kindheit Leichtathletik betrieben und Badminton mit Erfolg in einem Verein gespielt und dadurch eine sehr gute Figur bekommen, nur um diese jetzt zu verstecken. Alex, Sandras ältester Bruder, konnte man als typischen Streber bezeichnen. Er führte ein unabhängiges Leben und hatte ein ausgeprägtes Interesse an seinen Studien. Ob er eine Freundin hatte, wusste sie nicht, da er nie über Mädchen sprach oder Anzeichen für ein soziales Leben zeigte. Er hatte sehr kurze, immer dunkler werdende Haare. Als Kind war er hellblond, inzwischen gingen sie fast ins Braune über. Alex war nicht so sportlich wie ihr Vater. Eher etwas dicklich, mit leichtem Bauch und dickem Hintern. Er war sehr stark behaart, das hatte sie einmal aus Versehen unter der Dusche gesehen. Das hatte er von seinem Vater nicht geerbt, der war unbehaart. Alex trug auch eine Brille, die zwar nicht sehr stark war, aber ohne die konnte er in direkter Nähe nichts erkennen. Er sah aus wie ein typischer Streber. In der Schule gingen sie sich beide aus dem Weg. Auch ihre Freundinnen zogen öfters über Alex her, wenn sie ihn denn mal sahen. Meistens hielt er sich im Pausenraum oder in der Bibliothek auf. Dort war er in seiner Welt. Pat war das Nesthäkchen der Familie. Eigentlich hieß er Patrick, aber alle nannten ihn nur Pat. Pat war ein armer kleiner Junge. Schon seit seiner Geburt hatte er nur Probleme mit seiner Gesundheit. Er war für sein Alter sehr klein und schmächtig, hatte helle Haut und dunkles Haar, aber ein niedliches Gesicht mit großen, blauen Augen. Sandra würde ihn am liebsten den ganzen Tag knuddeln und nie wieder loslassen. Sie fand ihn einfach bezaubernd, mit seiner verletzlichen Art, seinem starken Willen, und seinem fröhlichen Wesen. Manchmal behandelte Sandra ihn rauer, als sie es eigentlich wollte, aber ihre Liebe zu ihm war unerschütterlich. Die Heimfahrt zog sich in die Länge, und die Müdigkeit übermannte Sandra allmählich. Ihre Blicke verharrten auf der Schlagzeile der Zeitung des älteren Mannes gegenüber - *Zwillingshunde*? - ein Rätsel, das ihre Neugier weckte. Ihr Zuhause war nicht an den städtischen Kanal angeschlossen, und das brachte eine gewisse rustikale Qualität mit sich. Einmal im Jahr musste jemand kommen, um die Jauchegrube zu leeren. Sie erinnerte sich an das eine Mal, als sie es vergessen hatten, weil Pat im Krankenhaus war. Die Grube war übergelaufen, und der Anblick und der Geruch waren unangenehm. Die ganze Wiese hinter dem Haus war mit Jauche bedeckt, und es hatte Wochen gedauert, bis der Gestank verflogen war. Ihr Blick kehrte zum Mann mit der Zeitung zurück, der immer noch die *„Zwillingshunde“* las. Sie schmunzelte, als sie darüber nachdachte, wie kurios und merkwürdig manche Nachrichten sein konnten. »Was machten sich Menschen für Gedanken. Als ob es jemanden interessieren würde, ob Hundewelpen Zwillinge sein könnten oder nicht. Da müsste man einen Gentest machen, um das herauszufinden. Ob es überhaupt schon mal vorgekommen war? Und wenn ja, was würde es bringen? Dann müssten zwei Hunde in einer Fruchtblase aufwachsen. Da dann beide über die eine Fruchtblase versorgt werden in einem Wurf von 5 bis 6 Tieren, wären die beiden aber sehr unterversorgt« sagte sie zu sich selbst und schüttelte dabei den Kopf. Was es doch für Themen gab, die die Welt nicht brauchte. Dann spürte sie, wie die Bahn langsamer wurde, und sie wusste, dass sie sich ihrem Heimatort näherten. Die Aufregung und Sorge darüber, wie sie sich wieder heimlich ins Haus schleichen würde, stieg in ihr auf. Das Haus lag etwas zurückgesetzt von der Hauptverkehrsstraße und war das letzte Haus in der Häuserzeile. Dahinter erstreckten sich endlose Felder. Die Eingangstreppe führte zu einer großen Holztür, die von einem Fenster und Alex' Zimmer flankiert wurde. Daneben befand sich das Doppeltor zur Garage, und unter der Treppe verbarg sich die Jauchegrube. Sie seufzte leise und hoffte, dass ihre Eltern bereits schliefen und sie sich unbemerkt ins Haus schleichen konnte. Die Gedanken an die unbeschwerten Tage ihrer Kindheit und die vielen Erinnerungen in diesem Haus begleiteten sie, während die Bahn langsam zum Stillstand kam und sie sich bereit machte, auszusteigen. In Gedanken wanderte ihr Blick zu dem unfertigen Ausbau über der Garage, der sich als ein ewiges Ärgernis in ihrem Zuhause erwiesen hatte. Die Eltern hatten versucht, den Raum zu renovieren, aber es war nie vollendet worden. Stattdessen war es zu einer Art Sammelstelle für unnütze Dinge verkommen. Der Eingang zu diesem unvollendeten Raum befand sich neben der Garage, gleich rechts davon. Der Raum war der Schandfleck des Hauses, und sie hatte gelernt, ihn zu meiden. Überall türmte sich Unrat auf. Es gab nur einen nackten Betonboden, eine Treppe ohne Geländer, unverputzte Wände und jede Menge Müll, darunter Bohrmaschinen, Werkzeuge, eine unbenutzte Tischtennisplatte, die lediglich als Ablage diente, und eine verstaubte Kneipenausstattung, die seit mindestens fünfzehn Jahren nicht mehr in Gebrauch war. Diese Kneipenausstattung war ein Erbe von Bruce Schwester, die verstorben war. Im Raum standen eine Ausschankstätte mit einer Biertheke, Barhockern, einer Bierbank, einem Billardtisch, einem alten Pferdesattel, jede Menge Gläser und Schnapsflaschen. Der Boden war so marode, dass niemand mehr den Raum betreten durfte, aus Angst, einzubrechen. Es war ein düsterer und unheimlicher Ort, von Spinnweben überzogen und von Spinnen bevölkert. Durch sechs kleine Fenster drang ausreichend Licht, aber es führte nur dazu, dass der Raum wie eine Brutstätte für Ungeziefer wirkte. Fliegen, die sich in das Reich der Dunkelheit verirrten, fanden nie wieder heraus. Ihre Spuren würden in den klebrigen Fäden der Spinnennetze enden, und sie verendeten kläglich. Ein besonders schauriges Ereignis war ihr geblieben. Ihr Vater hatte einmal versucht, eine Spinne mit einer Pinzette aus ihrem eigenen Netz zu entfernen. Sie hatte das furchtbare Schauspiel verfolgt, wie die Spinne sich mit aller Kraft gegen die Pinzette stemmte, um auf seine Hand zu gelangen. Glücklicherweise hatte sie es nicht geschafft, doch das Bild der Spinne, die verzweifelt kämpfte, hatte sich in ihr Gedächtnis eingebrannt. Ihr Vater hatte die Spinne schließlich in ein fremdes Netz gesetzt, und dort hatte sich ein schreckliches Drama abgespielt. Die fremde Spinne war hilflos verheddert, und die Besitzerin des Netzes hatte sie gnadenlos eingewoben. Dieser Vorfall hatte sie zutiefst verstört und ihr tagelange Albträume beschert. Noch immer schüttelte es sie, wenn sie daran dachte. Aber sie versuchte, diese düsteren Gedanken zu vertreiben und sich auf das Hier und Jetzt zu konzentrieren. Die Bahn näherte sich ihrer Haltestelle in ihrem Heimatort, und sie musste sich darauf vorbereiten, sich unbemerkt wieder ins Haus zu schleichen. Sandra wusste, dass sie unbemerkt zur Haustür gelangen musste, um ihre nächtliche Eskapade geheim zu halten. Sie hatte eine klare Route im Kopf: Geradeaus die alte Holztreppe hinauf, die zum Glück mit Teppichauflagen verkleidet war und so verhinderte, dass die Holzstufen knarrten. Dann wäre sie in ihrem Zimmer, würde sich ausziehen und rasch unter die Bettdecke schlüpfen. Natürlich musste sie auch auf dem 10-minütigen Fußweg von der Bahn bis nach Hause darauf achten, dass niemand sie sah. Ihr Entschluss war gefasst: Sie würde über das Feld gehen. Auch wenn es keine Straßenbeleuchtung gab, konnte sie sich nicht vorstellen, dass jemand in dieser Dunkelheit auf sie wartete. Als sie sich ihrem Heimatdorf näherte, stieg eine gewisse Aufregung in ihr auf. Es war bereits spät, und die Gedanken an die Freiheit des nächtlichen Kirmesausflugs verschwammen langsam. Bald würde sie wieder in den langweiligen Alltag eintauchen, aber die Erinnerungen an diese besondere Nacht blieben. Ihre romantischen Gedanken wurden unterbrochen, als die Bahn anhielt, und sie ihre Haltestelle erkannte. Sie hatte die Durchsage im Zug überhört. Ohne zu zögern, sprang sie auf und verließ die Bahn, noch bevor sich die Tür wieder schließen konnte. Auf dem Bahnsteig war niemand. Sie wollte gerade auf dem Weg ins Feld abbiegen, als sie einen Blick auf die Hauptstraße warf. Es war niemand zu sehen, und in den Häusern brannte kein Licht. Hier war um diese Uhrzeit niemand mehr unterwegs. Sandra entschied sich dafür, den Weg durch das Dorf zu nehmen, anstatt über den unbeleuchteten Feldweg zu gehen, der eigentlich 5 Minuten Zeit gespart hätte. Sie ging zügig voran und war ständig auf der Hut, um sicherzustellen, dass ihr niemand folgte oder sie jemand beobachtete, der dann möglicherweise ihren nächtlichen Ausflug verraten könnte. Doch es schien, als wäre die Welt um sie herum ausgestorben. Kein einziges Geräusch, kein Lichtstrahl störte die nächtliche Stille. Schließlich bog sie rechts um die bereits geschlossene Pizzeria herum, hinter der sich eine längere Zufahrt erstreckte. Am Ende dieser Einfahrt lag das letzte Haus - ihr Elternhaus. Es war völlig dunkel, und nicht einmal das Licht über der Haustür brannte. Es wirkte, als hätten sich alle bereits in die Welt der Träume zurückgezogen. Während sie weiterlief, suchte sie in ihrer Hosentasche nach dem Haustürschlüssel. Sie war kurz davor, das letzte Stück ihres nächtlichen Abenteuers zu meistern. »Scheiße«, flüsterte sie leise. Der Schlüssel fehlte. In ihrer Hosentasche war ein weiteres Loch, neben den vielen anderen in ihrer Jeans, und durch dieses musste der Schlüssel wahrscheinlich herausgefallen sein. Oder vielleicht war er sogar auf dem Rummel aus ihrer Tasche gerutscht. Es war ärgerlich, zweifellos, aber sie war darauf vorbereitet, wenn etwas nicht nach Plan lief. Entschlossen stieg sie die Stufen der Treppe zur Haustür hinauf. Neben der Haustür befand sich ein großer Blumenkübel, und darin hatte sie einen weiteren Schlüssel versteckt, gut getarnt in einem Stein. Jeder, der davon wusste, hätte problemlos Zugang zum Haus gehabt. Ihr leichtsinniger Umgang mit den Ersatzschlüsseln hatte bisher keine Probleme verursacht, obwohl ihr Vater großen Wert auf Sicherheit legte und jede Tür mit Balken und inneren Riegeln sicherte. Selbst das Garagentor war mit zusätzlichen Riegeln versehen. Sie steckte den Schlüssel in das Türschloss und drehte ihn langsam um. Die Türe glitt geräuschlos auf, und sie hielt den Atem an, um zu horchen. Kein Geräusch war zu hören. Vorsichtig schlüpfte sie durch den schmalen Spalt und verschloss die Haustür ebenso geräuschlos wie sie sie geöffnet hatte. Ihr Blick schweifte durch die Dunkelheit des Hauses. Kein Licht brannte in der Küche, auch im Esszimmer und Wohnzimmer dahinter war alles dunkel. Leise ging sie die Treppe hinauf in ihr Zimmer. Sie warf einen kurzen Blick in Pats Zimmer, wo sie ihren kleinen Bruder in tiefem Schlaf liegen sah. In ihrem Zimmer angekommen, schloss sie die Tür leise hinter sich und verzichtete darauf, das Licht einzuschalten. Sie zog sich leise aus und kroch unter die Bettdecke. Wenigstens konnte sie noch ein paar Stunden Schlaf bekommen, bevor der Lärm des gemeinsamen Frühstücks am nächsten Morgen sie wecken würde. Sandra erinnerte sich an die beiden Spinnen, die sie so angewidert hatten, und schüttelte sich leicht. Doch dann dachte sie an Marc, und die unangenehmen Gedanken verschwanden rasch. Mit einem weiteren Gähnen legte sie sich auf den Bauch und versank in einen tiefen Schlaf, getröstet von den schönen Gedanken an ihren Freund. Jedoch wurde sie bald darauf von lautem Stöhnen geweckt. Anfangs glaubte sie, dass es Teil ihres Traums war, doch die Geräusche wurden immer lauter und realer. Es war ihr Vater, der so heftig stöhnte. Von ihrer Mutter hörte man zwischendurch nur schweres Atmen. »Ja, gleich kommt's!«, jammerte ihr Vater laut. Ihre Mutter antwortete mit einem langen lustvollen Stöhnen. Dann wurde es ruhig. »Na endlich«, murmelte Sandra frustriert in ihr Kopfkissen. Sie hob das Kissen von ihrem Gesicht und legte es wieder unter ihren Kopf. »Was mag nur der arme Kleine denken?«, dachte sie besorgt. Pat, ihr kleiner Bruder, schlief direkt vor dem elterlichen Schlafzimmer und konnte das Spektakel bestimmt doppelt so gut hören wie sie. Es war schwer zu sagen, ob er in seinem Alter schon verstand, was da genau im elterlichen Schlafzimmer vor sich ging. Sie beschloss, nicht weiter darüber nachzudenken und schloss ihre Augen, in der Hoffnung auf noch ein oder zwei Stunden ungestörten

Schlaf. Doch gerade als sie sich der Tiefschlafphase näherte, hörte sie ein leichtes Klopfen an ihrer Zimmertür. Pat war es. Er wartete nicht auf eine Antwort, sondern öffnete die Tür leise, kroch unter Sandras Bettdecke und kuschelte sich in ihren Arm. Er zitterte leicht. »Was ist los?«, fragte Sandra, während sie seinen Kopf streichelte. »Dad und Mom sind böse zueinander«, flüsterte Pat und kuschelte sich näher an seine Schwester. Er hatte also doch mitbekommen, was im Schlafzimmer vor sich ging, konnte es aber noch nicht richtig verstehen. Sandra versuchte, ihn zu beruhigen: »Nein, mach dir keine Sorgen. Du hast nur schlecht geträumt. Alles wird gut sein. Lass uns noch ein bisschen schlafen.« Sie drückte ihre Nase an seinen Hinterkopf und schnupperte an seinem weichen Haar. »Du hast geraucht«, sagte er leise. Sandra hielt kurz die Luft an und war für einige Sekunden hellwach. Sie wollte erst die Aussage verneinen, doch ihr wurde bewusst, dass das wenig Sinn ergab. »Wirst du es den beiden erzählen?«, fragte sie vorsichtig. Pat lächelte und kuschelte sich weiter in Sandras Arm. »Niemals! Selbst dann nicht, wenn du so böse zu mir bist wie gestern«, flüsterte er. Sandra sagte nichts, sondern strich ihm beruhigend über den Kopf und gab ihm einen langen, dicken Kuss auf sein Haar. »Und jetzt schließe deine Augen noch ein bisschen«, sagte sie sanft und drückte ihn fester an sich. Pat war froh, dass er eine große Schwester hatte. Er fand sie sehr cool und unglaublich hübsch. Klar, sie konnte manchmal wie ein Biest sein und ziemlich gemein zu ihm, aber sie hatte ihn nie im Stich gelassen, und wenn es hart auf hart kam, stand sie immer an seiner Seite. Er wusste so einiges über seine große Schwester. Er wusste, dass sie heimlich ausging, nachts nicht zu Hause in ihrem Zimmer blieb und dass sie rauchte. Und er wusste auch, dass sie einen Freund hatte. Aber er würde nie auch nur einen Hauch davon verraten. Er hoffte, dass das immer so bleiben würde. Er hatte bereits in diversen Pubertätsartikeln gelesen, dass sich in dieser Lebensphase alles änderte. Aber er war fest entschlossen, daran zu arbeiten, dass es niemals so weit kam. Schließlich schliefen die Geschwister langsam ein und für einige Stunden kehrte Ruhe in das Haus der Familie Steffens ein.

Kapitel 3

Sandra schlief tief und fest. Als sie aufwachte, wollte sie sich im Halbschlaf umdrehen und bemerkte, dass Pat nicht mehr in ihren Armen lag. Sie wurde langsam wach und strich sich durch ihre blonden, zerzausten Locken. Als sie mit zusammengekniffenen Augen auf den Wecker schaute, zeigte er erst acht

Uhr an. Es war nicht mehr ruhig im Hause der Steffens. Jemand duschte bereits, der Kaffeevollautomat lief und mahlte gerade die Bohnen. Das Radio in der Küche war zu hören. Sandra blieb noch einen Moment liegen, und als die ersten Sonnenstrahlen durch die weißen Vorhänge an den Fenstern fielen, war sie hellwach. Sie schaute sich in ihrem recht kleinen Zimmer um. Ihr Holzbett mit einer ein mal zwei Meter großen Matratze stand direkt an der Wand. Daneben ein Nachttisch mit einer Lampe, darüber das Dachfenster. Gegenüber vom Bett befand sich ein kleiner Schreibtisch. Daneben stand ein viertüriger Kleiderschrank, und dann schon die Zimmertür. Der Boden war komplett mit einem hellen, weißen, flauschigen Teppich ausgelegt. Sandra setzte sich auf und blickte auf das große *Nirvana*-Poster an der Dachschräge über ihrem Bett. Sie war eigentlich kein Grunge-Fan und bevorzugte eher Popmusik. Aber *Kurt Cobain* hatte sie schon immer fasziniert. Vielleicht war es sein verlorener und unruhiger Charakter, der sie anzog. Genau wusste sie es nicht. Sandra nahm eine Haarspange von ihrem Nachttisch, steckte ihre Haare hinter ihrem Kopf zusammen, gähnte und stand auf. Dann griff sie nach ihrem weißen flauschigen Bademantel, der im Schrank hing. Sie öffnete die Tür ihres Zimmers und ging die Holztreppe hinunter in den Flur. Rechts führte der Weg in die großzügige Küche mit dunklen Eichenholzmöbeln. In dieser Küche gab es nur ein Fenster, das so wenig Licht hereinließ, dass die Deckenlampe ständig brennen musste, um für ausreichende Helligkeit zu sorgen. Das Highlight der Küche war der Tresen, an dem jeder seinen festen Sitzplatz hatte. Dieser Tresen stand direkt am einzigen Fenster. Sandra öffnete die Küchentür, die aus grün getöntem Glas bestand, und betrat den Raum. Pat war allein in der Küche und bereitete das Frühstück vor. Als er Sandra hereinkommen sah, stürmte er direkt auf sie zu und nahm sie in den Arm. Sie drückte den kleinen Wirbelwind fest an sich und gab ihm einen Kuss auf sein Haar. »Guten Morgen, Zwerg«, scherzte sie und wuschelte durch Pats Haare. Er kicherte, ließ sie los und setzte seine Frühstückszubereitung fort. Sandra setzte sich auf den letzten Stuhl an der Wand des Tresens und bevor sie Pat nach einer Tasse Kaffee fragen konnte, stellte er sie ihr bereits wie ein Kellner vor. »Und hier ist der Zucker«, sagte er und platzierte einen Keramiktopf mit Zucker vor ihr. Sandra nahm ihren Löffel und rührte im Kaffee, doch beim dritten Mal fiel ihr die Hälfte des Zuckers auf den Tresen. »Verdammt«, brüllte sie und schob den Topf in Pats Richtung. Pat schmunzelte. »Schau dir das an. Wir haben alles, jede erdenkliche Schrottsammlung. Aber keinen vernünftigen Zuckerstreuer. Stattdessen diesen dämlichen Topf, mit dem man den Zucker immer verliert«, sagte sie und ärgerte sich. »Mom mag diesen urigen Topf«, verteidigte Pat die Wahl des Zuckerbehälters. Sandra verdrehte die Augen. »Das blöde Teil ist mehr als einmal kaputtgegangen. Dann lässt sie sich direkt eins aus Spanien von ihrer Müsli fressenden Freundin mitbringen«, sagte sie abfällig. Dann wurde sie nachdenklich. »Haben wir noch Müsli da?«, fragte sie plötzlich mit einer spontanen Lust darauf. Pat schaute sich in der Küche um, als wäre er der Meisterkoch im Hause Steffens. »Ich habe dir deine *Nutella*-Brötchen vorbereitet, wie immer. Aber Müsli sollte auch noch irgendwo sein«, antwortete er und begann zu suchen. In der Küche gab es eine zweite Tür, die in ein riesiges, aber langgezogenes Badezimmer führte. Man musste von der Küche aus drei Stufen nach unten gehen. Links von der Treppe hing ein großer Warmwasserboiler an der Wand, rechts von der Treppe auf einem Podest stand die Waschmaschine. Vor dem Boiler befand sich die Badewanne. Über der Badewanne war ein Fenster aus

Glasverbundsteinen eingebaut, das ausreichend Tageslicht hereinließ. An die Badewanne schloss sich die Dusche an, ebenfalls mit Glasverbundsteinen gebaut. Neben der Dusche befanden sich die Tür zur Garage und daneben die Tür zu Alex' Zimmer. Auf der gegenüberliegenden Seite des Badezimmers gab es eine Toilette, einen dreiteiligen Spiegel, ein Waschbecken und ein Bidet. Sandra erinnerte sich daran, dass die Nachbarin, Frau Panthel, die Inhaberin der Pizzeria, direkt vor ihrem Haus, mit dem Sitzwaschbecken nicht viel anfangen konnte. Einmal, als sie aus dem Urlaub zurückgekommen waren, hatte Frau Panthel ins Bidet gemacht, da sie es für eine Toilette gehalten hatte. Das Badezimmer war in einem nostalgischen Altrosa gehalten, einschließlich der Fliesen und der Badewanne. Die Tür zum Badezimmer, die in die Küche führte, ging auf, und Alex kam herein. Er hatte ein Handtuch um die Hüften gebunden, und seine Haut war noch nass und feucht von der Dusche. »Morgen« grüßte er beide und rieb sich mit einer Hand über seinen behaarten Bauchansatz, um ihn etwas trockener zu bekommen. Sandra blickte auf Alex' Bauch, nippte an ihrem Kaffee und sagte dann: »Ein bisschen Sport würde dir auf Dauer auch mal wieder guttun.« Alex antwortete spöttisch: »Oh, das Fräulein ist wieder so charmant.« Dann ging er aus der Küche zurück ins Badezimmer und anschließend in sein Zimmer, um sich anzuziehen. Sein Zimmer war früher, bevor das Bauernhaus umgebaut wurde, ein kleiner Kuhstall gewesen. Es hatte ebenfalls nur ein Fenster, wodurch es immer etwas dunkler wirkte. Allerdings hatte es den einzigen Rollladen im ganzen Haus. Alex war etwas verärgert über diese Äußerung am Morgen. Ja, er hatte ein wenig Bauch, aber nicht besonders viel. Sport war nicht gerade seine bevorzugte Freizeitbeschäftigung, und der Sportunterricht in der Schule reichte ihm völlig aus. Seine Freizeit verbrachte er lieber am Computer oder entspannte sich mit seinen Freunden in der Stadt. Alex ging um das große, antike französische Bett, das in der Mitte seines Zimmers stand, und holte aus dem ebenso antiken Holzschrank ein blaues T-Shirt und eine Jogginghose. In Alex' Zimmer gab es außerdem ein altes Saloon-Klavier und einen antiken Sekretär als Schreibtisch. Im Gegensatz zu Sandras Zimmer hatte sein Zimmer einen Boden aus großen, dunklen und rustikalen Fliesen. Da er alte Waffen sammelte, hingen an den Wänden keine Bilder, sondern hier und da dezent platzierte Äxte und einige Militärgewehre aus dem

Ersten Weltkrieg. Er liebte Dinge aus der Vergangenheit, und sein Lieblingsfach in der Schule war Geschichte. Alex war bereits volljährig und stand kurz vor seinem Schulabschluss. Er war kein ausgesprochener Streber, aber seine schulischen Leistungen waren immer überdurchschnittlich. Alex verfolgte strikt seinen Traum: Nach der Schule wollte er Archäologie studieren. Im Gegensatz zu seiner jüngeren Schwester Sandra war er nicht so modebewusst. Sie war in der Schule gut, aber seit ihrem vierzehnten Lebensjahr interessierte sie sich vor allem für Disco, Jungs und modisches Auftreten. Sie legte großen Wert auf ihr Aussehen, was er manchmal nicht ganz nachvollziehen konnte. Doch er akzeptierte die Unterschiede im Verhalten zwischen Mädchen und Jungen. Alex zog schnell seine Hausschuhe an und kehrte zurück in die Küche. Der Gedanke an Frühstück zauberte ihm ein Lächeln auf die Lippen, und er streichelte seinen Bauch, während er in die Küche ging. Er setzte sich direkt an den Kopf des Tresens. Pat hatte nur auf ihn gewartet und stellte ein Glas Milch und Toast mit Erdbeermarmelade vor ihn hin. »Du bist zu gut«, sagte Alex leicht spöttelnd. Er hatte seinen kleinen Bruder schon gern, aber aufgrund der Krankheit wurde dieser natürlich von Mom und Dad verwöhnt. Das hatten sie bei ihm nicht gemacht. »Lass Pat in Ruhe«, sagte Sandra und trank weiter an ihrem Kaffee. Alex ignorierte Sandra und spielte an seinem Toast. »Wo sind denn Mom und Dad?«, fragte er genervt. »Ich habe großen Appetit« fügte er hinzu. »Oh ja, ich kann deinen knurrenden Magen bis hier hören«, sagte sie lachend und bekam sofort ein Stück Toast an den Kopf geworfen. »Hört auf« quengelte Pat. »Mit Lebensmitteln spielt man nicht« sagte er. »Touché!« grinste Sandra und trank weiter an ihrem Kaffee. »Die sind draußen im Garten und planen den Schwimmteich für den Sommer neu«, sagte Pat und deutete nach draußen. Sandra und Alex schauten aus dem Küchenfenster, konnten aber nichts sehen. Da hörten sie auch schon die Türe, die vom Bad in die Garage führte. Bruce und Debbie kamen lachend und gut gelaunt in die Küche. Debbie umarmte Alex von hinten und gab ihm einen „Guten Morgen Kuss" auf den Hals. Sandra bekam ein Küsschen auf den Mund, und Pat wurde einmal kräftig geknuddelt. Bruce lächelte nur seine Kinder mit seinen schönen weißen Zähnen an. »Da seid ihr ja schon«, sagte er und setzte sich an den Tresen neben Alex. Debbie half Pat den Rest des Frühstücks auf dem Tresen zu verteilen. Sandra bekam ein

Frühstücksei und Bruce erhielt eine Mixtur aus drei rohen Eiern, Traubenzucker und einem Schuss Rotwein. Das Ganze wurde gut durchgemischt. Seine Familie saß gespannt da und beobachtete, wie er diesen vermeintlichen Muntermacher in einem Zug austrank. Anschließend wischte er sich genüsslich den Mund mit dem Handrücken ab und schaute die anderen fragend an. »Was«, fragte er mit einem breiten, selbstzufriedenen Lächeln. Alle schauten sich angeekelt an und brachen in lautes Lachen aus. »So, jetzt geht es mir schon viel besser«, sagte er und deutete mit einer Hand aus dem Küchenfenster. »Wir werden draußen den Gartenteich etwas vergrößern und tiefer machen, dann können wir im Sommer auch einmal mit den Füßen hineingehen. Also eine Art Schwimmteich« sagte er und schaute seine Familie an. Alex sagte dazu nichts. »Wäre es nicht mal wichtig, dass die Holztür zum Garten ersetzt wird? Immer die zwei Eisenstangen einhängen, dann die zwei dicken Balken vor die Türe legen, das ist schon nervig, wenn man einfach mal nur in den Garten gehen möchte« sagte er zu seinem Vater. Der nickte zustimmend. »Ja, das wird auch gemacht. Überhaupt muss ich den Neubau einmal aufräumen. Dann wird die Kneipeneinrichtung überholt, besonders der Boden abgestützt. Auch wenn ihr nicht da hineingeht, ist es lebensgefährlich. Da kann jeden Moment alles einstürzen« sagte er noch einmal als Mahnung an alle. Der Holzboden, auf dem der vererbte Tresen und der alte Billardtisch von seiner Schwester stand, war durch einen Wasserschaden aufgeweicht. Selbst als Bruce einmal vorsichtig dort hineinging, war der Boden kurz davor, dass er einbrach. Nicht auszudenken, wenn seine Kinder aus Versehen dort hineingehen würden. Ebenso war der Neubau komplett zugestellt. Er hatte von seiner Mutter und Vater, als sie gestorben waren, den kompletten Hausstand mitgenommen, dort oben verwahrt und wollte nach und nach aussortieren. Es waren noch einige wertvolle Dinge darunter, Noten von unbekannten Künstlern, die fast vor 100 Jahren verstorben waren, Elfenbeinartikel, die seine Familie einst aus dem Kongo mitgebracht hatte, und sehr viel Werkzeug. Debbie streichelte ihrem Mann über den Nacken. »Jetzt, wo euer Vater nicht mehr so viel Stress auf der Arbeit hat und kürzer getreten ist, kann er sich all der Dinge annehmen und endlich alles fertig machen«, sagte sie stolz. »Ja, die letzten drei Tage waren sehr heftig in der Firma«, sagte Bruce und versank kurz in Gedanken. Sandra schaute von ihrem Kaffee auf. »Sag mal, Dad, ihr produziert doch Fertighäuser«, fragte sie und schaute ihn an. Bruce nickte. »Warum habt ihr dann einen Sicherheitsdienst, und alles ist mit Gittern versehen? Wer will denn so etwas stehlen?« fügte sie noch hinzu. Bruce schaute sie für ein paar Sekunden nicht an, sondern starrte aus dem Fenster. »Weißt du, es ist schon einmal vorgekommen, dass andere Firmen unsere Daten stehlen wollten, daher mussten wir uns absichern«, sagte er und lächelte dabei. »Daten von Fertighäusern? Na ja, wem es gefällt!« Bruce wollte darauf etwas sagen, entschied sich jedoch dagegen. Je mehr er sagen würde, desto mehr würde sie fragen. Das wollte er nicht. Er war froh, eine Tochter zu haben, die die Dinge hinterfragte und nicht alles glaubte, was man ihr erzählte. Aber sie war noch nicht bereit dafür. »Wisst ihr schon, wie eure Zeugnisse ausfallen werden«, fragte er seine Kinder und schaute in die Runde. »Ja, Alex bekommt in Sport eine Sechs, obwohl er immer einen Trainingsanzug trägt« lachte Sandra und kassierte direkt einen bösen Blick von ihrem Bruder. »Das stimmt doch gar nicht. Meine Leistungen in Sport sind völlig ausreichend. Aber wie sieht es denn bei dir in Chemie aus« sagte Alex und schaute von seiner grimmig dreinschauenden

Schwester weg und hämisch lächelnd zu seinem Vater hinüber. Der schaute Sandra fragend an. »Maus, was ist denn mit Chemie?« »Na ja, nicht so großartig. Aber immer noch ausreichend, wenn ich das so formulieren darf« sagte sie und schaute ihren Bruder ebenfalls hämisch lächelnd an. »Kinder, was ihr für Noten bekommt, ist völlig egal. Hauptsache, ihr werdet versetzt, und wenn ihr nicht studieren wollt, dann interessiert den Durchschnitt eures Abschlusses wirklich niemanden. Man wird höchstens einmal bei einer Ausbildung danach gefragt und danach nie wieder.« Bruce schüttete sich noch einen weiteren Kaffee ein. Dann wurde es geselliger und etwas lauter. Jeder kümmerte sich um seinen Teller und begann zu essen. Pat blieb weiter vor dem Tresen stehen und genoss dort sein Frühstück. Er hatte am Morgen die Tageszeitung aus dem Briefkasten geholt, die neben seinem Frühstück lag, und las zwischendurch einige Artikel. Bei einem wunderte er sich über das plötzliche Ableben eines jungen Mannes bei einem Verkehrsunfall im Nachbarort. Offenbar hatte er aus Liebeskummer in einer Kurve das Auto absichtlich geradeaus fahren lassen. Er schüttelte mitfühlend den Kopf. Einen Artikel darunter gab es eine Warnung an die Bevölkerung in der

Umgebung. Es wurde vor *„Zwillingshunden“* gewarnt, die ausgebrochen waren und sich in der Gegend herumtrieben. Es wurde appelliert, Wälder und freie Flächen vorerst zu meiden, bis die Gefahr vorüber war. Warum von den *Zwillingshunden* eine Gefahr ausging oder wieso sie diese Bezeichnung für die Hunde gewählt hatten, wurde in dem kurzen Abschnitt nicht erwähnt, da die Information von einer anonymen Quelle stammte. Pat schaute von der Zeitung auf. Samstags ging seine Familie normalerweise gemeinsam einkaufen oder unternahm einen Spaziergang im Wald. Er konnte sich gerade nicht daran erinnern, ob schon eine Entscheidung getroffen wurde. Er schaute in das Gesicht seiner Mutter und bemerkte, dass sie ihn die ganze Zeit beobachtet hatte, während er die Zeitung las. Debbie schaute ihren kleinen Sohn lächelnd an. »Magst du dich nicht setzen?«, fragte sie kauend, wobei sie aus Anstand die Hand vor den Mund hielt. Pat winkte ab. »Ich habe diese Nacht schon ausgiebig geschlafen«, erklärte er zufrieden. »Nicht in deinem eigenen Bett«, fügte Alex leicht spöttelnd hinzu. »Ich habe bei Sandra geschlafen«, erzählte Pat voller Stolz und biss in sein Brötchen. Sandra lächelte und trank weiter an ihrem Kaffee. Dabei warf sie Alex einen bösen Blick zu.

»Wer so spät nach Hause kommt, der ...«, fügte Alex hinzu und schaute mit Vorfreude auf eine Standpauke von ihrem Vater. Bruce horchte auf. »Warst du gestern schon wieder so spät unterwegs?«, fragte er und blickte zu Sandra. »Warst du auf der Kirmes?« Sandra trank weiter an ihrem Kaffee. Alex konnte sein schadenfrohes Grinsen nicht verbergen und schaute erwartungsvoll auf eine mögliche Standpauke ihres Vaters. »Warum hast du nichts gesagt? Deine Mutter und ich wären gerne mitgekommen. Ist der Fünfer-Looping wieder da?« Bruce schien neugierig und schaute in Sandras Richtung. Sandra nickte. »Ja, ich bin auch damit gefahren. Ganz hinten im letzten Wagen. Das ist so großartig, wenn man über den höchsten Punkt hinausgezogen wird. Einfach genial«, schwärmte sie. Bruce nickte lächelnd und verstand genau, was sie meinte. Das aufregende Gefühl im Magen und im ganzen Körper bei der ersten steilen Abfahrt war einfach unglaublich. »Wie wäre es? Sind wir uns einig? Macht euch fertig, und wir fahren für knapp eine Stunde in den Wald. Wir parken wie immer am Sportplatz und machen eine kurze Runde. Danach geht es zur Kirmes«, schlug Bruce vor und schaute in den Kreis seiner zustimmenden Familie. Pat warf noch einen letzten Blick auf den

Zeitungsartikel über die *Zwillingshunde*. Er wollte etwas sagen und die anderen darauf aufmerksam machen. Doch er unterdrückte seinen Impuls. Das Gefühl, nicht ernst genommen zu werden und sich lächerlich zu machen, war zu überwältigend. Deshalb schwieg er. Sandra drehte nervös an ihrer Tasse und schaute dann ihren Vater liebevoll an. »Dad, da du jetzt Bescheid weißt, muss ich dir etwas gestehen. Ich habe den Haustürschlüssel verloren!« Debbie stand auf und räumte den Tresen ab, während sie das schmutzige Geschirr in die Spülmaschine einräumte. Bruce nahm noch einen Schluck Kaffee. »Dann muss er ja hier im Haus sein, da du diese Nacht hereingekommen bist, und soweit ich mich erinnere, war alles abgeschlossen«, sagte Bruce. Sandra drehte weiterhin an ihrer Tasse. »Nein, ich habe ihn wohl auf der Kirmes verloren«, gestand sie. Bruce schaute sie strenger an. Die gewohnte Gelassenheit, die er sonst an den Tag legte, verblasste. »Willst du mir etwa sagen, dass du außerhalb dieses Hauses einen Schlüssel versteckt hast, für den Fall, dass so etwas passiert?« Seine Stimme war ernst. Sandra nickte leicht und starrte auf ihre Tasse, die sie noch immer nervös drehte. »Mädchen, ich hoffe, du hast den Schlüssel jetzt hier im Haus und wirst so etwas nie wieder tun«, mahnte Bruce sie. »Ich sorge dafür, dass alles sicher ist, und du gehst leichtsinnig damit um. Keine Ausreden wie 'Ist ja nichts passiert'.« Sandra schwieg. Bedrückt stand sie auf und als sie an Bruce vorbeiging, nahm er sie in den Arm und küsste sie aufs Haar. »Wir werden deinen Schlüsselbund schon finden. Mit dem Bart-Simpson-Anhänger, oder?« fragte er. Sandra nickte. »Und wenn wir ihn in einer Woche nicht finden, kommt einfach ein neues Schloss an die Tür. Also mach dir keine weiteren Gedanken. Ich werde das regeln. Aber sei nicht mehr so leichtsinnig«, versicherte Bruce ihr und drückte sie noch einmal fest an sich. »Debbie, Schatz, ich gehe nochmal in den Garten. Ihr könnt alles vorbereiten, damit wir gleich losfahren können, ja?«, fragte Bruce und wandte sich an seine Frau. Sie nickte zustimmend. Sandra und Alex gingen in ihre Zimmer, um sich umzuziehen. Bruce nahm Debbie in den Arm und küsste sie leidenschaftlich. »Ich liebe Wochenenden mit meiner Familie«, sagte er und schaute in die verliebten Augen seiner Frau. Pat stand dabei und überlegte erneut. Sollte er die beiden auf das hinweisen, was er in der Zeitung gelesen hatte? Bruce gab Debbie noch einen Kuss. »Ich muss nur noch einmal in den Garten, um etwas am Teich auszumessen. Dann mache ich das Auto schon startklar«, sagte er und verließ die Küche, indem er durch das Badezimmer zur Garage ging. Bruce war ein Fan von Sportwagen, hatte sich aber für seine Familie entschieden und eine sportliche *Audi*-Limousine in brillantem Schwarz gekauft. Stolz betrachtete er sein Auto, als er daran vorbeiging, und trat dann hinaus in den Garten.

Kapitel 4

Pat half Debbie noch kurz die Küche aufzuräumen. »Mom!« Er machte eine Pause. »Ich habe da in der Zeitung gelesen, dass den Anwohnern geraten wird, den Wald zu meiden. Da sind Tiere ausgebrochen. Hier in der näheren Umgebung« sagte er aufgeregt. Debbie gab auf die Frage nicht viel, warf einen kurzen flüchtigen Blick auf die Zeitung und suchte nach einer Antwort, die ihren eh sehr ängstlichen Sohn beruhigen konnte. »Ach Schatz. Mach dir doch keine Gedanken. Was es auch ist. Es hat mehr Angst vor uns als umgekehrt« sagte sie und hoffte auf keine weiteren Fragen. »Und was ist, wenn ich mehr Angst vor dem habe als es vor mir? Was dann?!« erwiderte er und schaute seine Mutter fragend und hilflos an. Debbie legte den Putzlappen auf den Tresen, ging auf die Knie in Augenhöhe zu ihrem jüngsten Sohn. »Liebling, mach dir bitte keine Sorgen. Wir sind doch nur am Sportplatz. Da sind auch andere Wanderer. Wir sind doch nur kurz da. Danach fahren wir auf die Kirmes und du holst dir leckere Zuckerwatte.« Sie drückte ihn fest und merkte, dass er Luft holte, um ihr eine weitere Frage zu stellen. »Und jetzt zieh dir schnell etwas anderes an«, sagte sie als Abschluss, richtete sich wieder auf, gab ihrem Sohn einen Klaps auf den Po, lächelte ihn an und folgte ihrem Mann Bruce in die Garage. Pat schaute ihr verunsichert nach. Er drehte sich um und ging langsam die Treppe hoch in sein Zimmer. Pat war schon immer sehr vorsichtig und wurde, vielleicht auch durch seine Krankheit, immer zu vorsorglich behandelt. Wie ein rohes Ei. Manchmal genoss er es, dass sich alle um ihn sorgten, aber manchmal stand er sich damit selbst im Weg. Er hatte sich immer schon zu viele Sorgen gemacht und diesmal hatte er ein schlechtes Gefühl. Aber das hatte er auch schon, wenn sie öfters in den gemeinsamen Urlaub mit einem Flugzeug starteten. Er lächelte über sich selbst. Pat hatte in seiner Kindheit eindeutig zu viele Filme gesehen, die für sein Alter nicht entsprechend waren. Er hatte einen kleinen Fernseher mit integriertem Media-Player in seinem Zimmer und wenn er mal allein war, schaute er sich die Filme an, die er in Alex oder Sandras Zimmer fand. Pats Zimmer lag direkt gegenüber dem Elternschlafzimmer. Es war geräumig, ursprünglich als Durchgangszimmer geplant, bevor Pat als Überraschung auf die Welt kam. Die Familie musste improvisieren und verwandelte das Durchgangszimmer in Pats Kinderzimmer. In der Mitte des Raums, unter der sanft abfallenden Dachschräge, stand ein großes Doppelbett, das Pat ganz für sich allein hatte. Gegenüber befand sich ein offener Regalschrank, grün gestrichen, in dem er seine Sammlungen von *Schlümpfen*, zahlreichen *Star Wars* Figuren und Raumschiffen aufbewahrte. Seine Vielzahl an Stofftieren lagerte daneben. An der Wand links neben dem Bett prangten *„Die sieben Zwerge“* von *Walt Disney*. Auf der gegenüberliegenden Seite stand ein antiker Holzsekretär, den sowohl Pat als auch sein Vater nutzten. Durch das einzige Fenster neben dem Sekretär drang nur spärliches Licht in Pats

Zimmer, aber das störte ihn nicht. Genau wie in Sandras Zimmer war auch Pats Zimmer, ebenso wie das seiner Eltern, mit einem hellen Teppichboden ausgelegt, um ein leises Gehen auf dem darunterliegenden Holzboden zu ermöglichen. Pats Ordnungssinn sorgte stets dafür, dass sein Spielzeug ordentlich weggeräumt wurde, insbesondere da seine Eltern täglich durch sein Zimmer gehen mussten, um in ihr eigenes Schlafzimmer zu gelangen. Sandra trat in Pats Zimmer und lehnte sich lässig an den Türrahmen. Sie trug eine stark verwaschene Bootcut-Jeans mit zahlreichen Löchern an den Knien und den Oberschenkeln. Dazu kombinierte sie ein enganliegendes weißes Top, über dem sie eine weiße Bluse offen trug. Ihre langen, blonden Locken fielen sorgfältig gekämmt über ihre Schultern und ihren Rücken. Sie betrachtete nachdenklich ihre Stiefel. »Schau mal, ich habe Boots angezogen. Falls wir uns für einen Spaziergang querfeldein entscheiden, sind sie perfekt, und später auf der Kirmes passen sie umso besser.« Sandra tastete nach ihren Zigaretten in der Hosentasche. Sie hatte die letzten Zigaretten aus der Originalpackung genommen und in eine flache, silberne Dose umgesteckt. Sie wollte nicht, dass die Umrisse einer Zigarettenschachtel in ihrer Hosentasche zu deutlich sichtbar waren – schließlich kannte jeder die Maße einer Zigarettenpackung. Pat zog sich eine braune Cordhose an und darüber ein blaues Sweatshirt, auf dem *Darth Vader* vorne aufgedruckt war. Ein rotes Halstuch rundete seinen Look ab. Seine Turnschuhe waren schon lange nicht mehr strahlend weiß, aber sie waren die bequemsten Schuhe, die er zum Wandern hatte. »Ich bin fertig«, verkündete er und drückte sich an Sandra. Sie streichelte seinen Kopf. »Was ist los?«, fragte sie, da sie spürte, dass etwas ihn bedrückte. Pat schaute zu ihr auf und lockerte seine Umarmung nicht. »Ich habe ein mulmiges Gefühl. Die Zeitung warnt davor, in den Wald zu gehen.« Sandra schüttelte den Kopf, ohne groß nachzudenken. »Ich werde auf dich aufpassen, und wenn etwas kommt und dich …«, begann sie, holte tief Luft und griff neckisch mit ihrer rechten Hand hinter Pat. »… Beißen und fressen will …«, fügte sie hinzu und kitzelte leicht Pats Rücken. Er kicherte und gluckste, während er sich von Sandra losriss. Schreiend rannte er die Treppe hinunter, gefolgt von einer lachenden Sandra. »Fressen, fressen«, wiederholte sie mit einem düsteren Unterton und versuchte, Pat zu fassen. Sie stürmten durch die Küche ins Badezimmer und trafen auf Alex, der gerade aus seinem

Zimmer kam. Beide hielten abrupt an und lachten über ihre kindische Aktion. Alex verzog keine Miene und schaute die beiden an. »Na, was ist denn so lustig?«, fragte er ironisch mit hochgezogener Augenbraue. »Dein Trainingsanzug«, sagte Sandra lachend, und Pat lachte mit. Beide schauten auf den bereits abgenutzten Trainingsanzug, den Alex trug. Er verbarg nicht viel. Durch das enge Sweatshirt über seinem T-Shirt konnte man seinen leichten Bauch sehen, und eine leicht dickere Beule zeichnete sich unterhalb seines Bauches ab. »Ach, Alex, hast du wirklich nichts besseres zum Anziehen? Wir gehen danach noch aus, und du wirst keine Gelegenheit haben, dich umzuziehen«, sagte sie. »Wer sagt denn, dass ich mich umziehen möchte?«, erwiderte er spöttisch und drehte sich um, um die Tür zur Garage zu öffnen. Bruce und Debbie waren noch nicht da. Offensichtlich hatten sie sich nach ihrem Gartenbesuch oben im Schlafzimmer umgezogen. Die drei Geschwister gingen zum Auto, öffneten die hinteren Türen des *Audi* und setzten sich hinein. Sandra rutschte hinter den Beifahrersitz, Pat setzte sich in die Mitte und Alex hinter den Fahrersitz. Alex schloss die Tür, und nach einer gefühlten Ewigkeit kamen schließlich Bruce und Debbie in die Garage. Debbie trug einen hellen, knöchellangen Rock in Beige und darüber eine dunkle Bluse. An ihren Füßen trug sie keine Turnschuhe, sondern hohe, mit Korkabsatz versehene Schuhe. Sandra schaute auf ihre Mutter und stieß Pat in die Seite. Sandra flüsterte Pat ins Ohr, während sie auf ihre Mutter zeigte: »Schau dir an, was Mom für Schuhe trägt.« Pat streckte seinen Kopf zur Windschutzscheibe, um nach draußen zu schauen, und nickte. »Scheint so, als würden wir keinen allzu langen Spaziergang machen und sicherlich nicht querfeldein«, fügte sie hinzu. Pats Gesicht hellte sich auf, und er lehnte sich entspannt zurück. Alex schaute zu ihm rüber. »Was ist denn los, du kleiner Knirps?«, fragte er. »Nichts, alles gut«, erwiderte Pat und zwinkerte Sandra zu. Alex brummte vor sich hin und widmete seine Aufmerksamkeit dem Fußraum. Debbie stieg in den Wagen. Bruce ließ den Motor laufen, und ein tiefes Grollen durchlief den *Audi*. Er setzte zurück, hielt kurz an, stieg aus, um das Garagentor zu schließen, und kehrte dann zurück, um weiterzufahren. Als sie die leicht abschüssige Auffahrt des Steffens-Hauses verließen, kamen sie an der Pizzeria vorbei und bogen auf die angrenzende Hauptstraße ein. Es war mittlerweile kurz vor Mittag, als sie die Bergstraße entlangfuhren.

Kleine Häuser säumten die Straße, aber es war niemand auf den Gehwegen zu sehen. Die Gegend war ungewöhnlich ruhig. Die Fahrt zum Sportplatz, wo sie normalerweise parkten, war nicht weit. Sie fuhren von der Bergstraße rechts auf die Hauptstraße. Dann sofort wieder links und fuhren weiter geradeaus. Auch hier gab es nur vereinzelte Häuser und nur wenige Einwohner waren auf den Straßen zu sehen. Einige kamen aus dem kleinen Zentrum, beladen mit Einkaufstüten, während andere einfach nur entspannt durch das Dorf schlenderten. Sie fuhren an Pats Grundschule vorbei, die an diesem Samstag geschlossen war. Obwohl Pat wusste, dass niemand in der Schule sein würde, schaute er dennoch neugierig, ob er irgendwelche Anzeichen von Aktivität bemerken könnte. Bruce fuhr in gemächlichem Tempo die Straße hinunter, die leicht abschüssig verlief. Auf der linken Seite befand sich Pats ehemaliger Kindergarten. Direkt im Anschluss machte die Straße einen steilen Anstieg, der fast zwei Kilometer lang war, und der Wald erstreckte sich links und rechts der Straße. Hier gab es keine Häuser mehr, nur die dichte Waldlandschaft, die von der Sonne wunderbar beleuchtet wurde. Der steile Anstieg der Straße endete schließlich, und auf der linken Seite war die

Einfahrt zu einem kleinen Parkplatz zu erkennen. Dort parkten sie, wie immer. Zwei weitere Autos standen bereits dort: ein *Mercedes* Geländewagen und ein *Mazda* Kombi. Etwas weiter entfernt befand sich eine Waldhütte, an der sie alle schon einmal gegrillt hatten. Pat war dort mit dem Kindergarten und der Grundschule gewesen, Sandra mit ihren Freunden und Alex mit seiner Schule. Jeder wusste, wo der Schlüssel für die Grillhütte versteckt war. Die Grillhütte grenzte direkt an einen Aschenplatz, auf dem sich normalerweise Jugendliche am Wochenende zum Fußballspielen trafen. An diesem Tag war der Platz jedoch verwaist. Die Grillhütte war der übliche Treffpunkt hier am Sportplatz, aber auch sie schien verlassen zu sein. Bruce parkte seinen *Audi* neben dem Geländewagen. »Siehst du, Pat, wir sind nicht allein«, bemerkte Debbie und warf einen Blick auf die Rückbank. Pat nickte nur und zwang sich zu einem Lächeln. Alex schaute zwischen Pat und Sandra hin und her. »Habe ich etwas verpasst?«, fragte er neugierig. Debbie schaute zu Alex und erklärte: »Pat hat in der Zeitung gelesen, dass man den Wald meiden sollte, wegen wilder Tiere, die anscheinend hier herumlaufen.« »Könnten«, fügte sie schnell hinzu. Bruce sah in den Rückspiegel zu seinen

Kindern. Er schien zu überlegen, und seine Falten auf der Stirn vertieften sich, bevor er schließlich den Autoschlüssel aus der Zündung zog. Alex schaute alle kurz an. »Aha, und selbst wenn so etwas schon in der Zeitung steht, können wir unseren Spaziergang nicht absagen?«, fragte er mit einem zickigen und ironischen Unterton. Sandra lachte. »Du sollst was abnehmen, deshalb verzichten wir auch nicht darauf«, stichelte sie zu Alex hinüber. »Blöde Kuh«, erwiderte er und stieg aus dem Auto. Alle anderen folgten ihm. »Lassen wir uns den Tag nicht von einem Zeitungsartikel verderben«, sagte Bruce und schaute über das Auto hinweg in Richtung des Waldes.

Kapitel 5

Die Luft war wunderbar klar und frisch. Das fröhliche Zwitschern der Vögel erfüllte die Umgebung, und trotz der Wärme wehte eine erfrischende Brise durch den Wald. Bruce atmete tief den duftenden Geruch von Tannennadeln ein, während er die Schönheit des Waldes in sich aufnahm. Der Wald war dicht und vielfältig, mit hohen

Tannen, majestätischen Eichen, üppigem Gras und Gebüschen, alles in einem beruhigenden, leuchtenden Grün. Debbie ging zum Kofferraum, öffnete ihn und holte ihre Turnschuhe hervor. Sie lächelte ihre Kinder an. »Ihr glaubt doch nicht ernsthaft, dass ich mit diesen hohen Schuhen durch den Wald laufe«, sagte sie und zog sich die Turnschuhe an. Dann warf sie ihre Korkschuhe in den Beifahrerfußraum. Bruce sperrte das Auto mit der Funkfernbedienung ab, und nach einem kurzen „Piep" setzten sie ihren Spaziergang fort. »So viel zu deiner Theorie bezüglich der Schuhe«, flüsterte Pat leise zu Sandra und gesellte sich zu seinem großen und beschützenden Vater. Er versuchte, Schritt zu halten, auch wenn seine kurzen Beine den größeren Schritten kaum hinterherkamen. Bruce schaute lächelnd auf seinen Sohn herab und verstand sofort. Er zog den Autoschlüssel mit der Fernbedienung aus der Hosentasche. »Hier, und wie immer, schön darauf aufpassen«, sagte Bruce und überreichte mit einem Augenzwinkern seinem jüngsten Sohn den Autoschlüssel. »Danke, Dad«, flüsterte Pat und ließ den Schlüssel in seiner Hosentasche verschwinden. Bruce streckte sich und genoss die friedliche Atmosphäre. Es war ein Moment der Entspannung und des Zusammenseins.

Gemeinsam verließen sie den Parkplatz und begaben sich in Richtung der Grillhütte, jedoch bogen sie kurz davor auf einen ausgeschilderten Spazierweg im Wald ab. Bruce und Debbie gingen Arm in Arm voran, gefolgt von ihren drei Kindern. Debbie schloss die Augen und lauschte den beruhigenden Geräuschen des Waldes. Der Waldweg führte sie tiefer in den Wald hinein, und sie genossen die Ruhe und Schönheit der Natur. Vögel zwitscherten, und das Rauschen der Blätter und das Knacken von Ästen unter ihren Schuhen begleiteten sie auf ihrem Spaziergang. Die Sonne schien durch die dichten Baumkronen und tauchte den Wald in ein warmes, goldenes Licht. Pat schaute sich gleich zu Beginn des Weges, aufmerksam um. Immer auf der Suche nach möglichen Gefahren oder Anzeichen. Doch es war ruhig. Abgesehen vom Wind, dem Rauschen der Bäume und dem fröhlichen Vogelgezwitscher gab es keine verdächtigen Geräusche oder Anzeichen. Es war ein perfekter Ausflug in die Natur, und er ließ die Sorgen um wilde Tiere und Zeitungsartikel für diesen Augenblick einfach hinter sich. Sandra ging neben Alex und boxte ihn spielerisch in die Seite. »Aua«, zischte er. »Das war für das Kuh-Wort«, erklärte sie und lächelte ihn an. Er holte aus, um zurückzuschlagen, als

Bruce sich umdrehte. »Na, jetzt ist aber Schluss. Ihr könnt euch später prügeln, aber nicht gleich zu Beginn«, scherzte er und wandte seinen Blick erneut nach vorne. Die Familie setzte ihren Weg in Stille fort, wobei der Weg leicht abschüssig war. Zur rechten Seite erstreckte sich eine kleine Lichtung, auf der ein Hochsitz stand. Bruce und Debbie hatten sich bereits etwas von ihren Kindern entfernt. Alex nutzte die Gelegenheit und stupste Sandra spielerisch an, als sie vor ihm ging und die Umgebung betrachtete. Dann rannte er zu dem Hochsitz, gefolgt von Sandra. »Na warte, du fetter Sack!«, rief Sandra aufgebracht. Bruce und Debbie schauten sich nach dem Lärm um, da sie den Aufruhr hörten, und mussten lachen. Sie blieben jedoch nicht stehen. Da sie oft genug hier gewesen waren, kannten die Kinder den Weg gut. Die Eltern blickten wieder nach vorne, küssten sich zärtlich und setzten ihren Weg fort. Alex erreichte nach einer kurzen Strecke durch das trockene, kniehohe Gras den Hochsitz und kletterte die Stufen einer selbst gebauten Leiter hinauf. Er musste vorsichtig sein, um nicht abzurutschen, da die Sprossen glatt und rund waren, aus alten Ästen gefertigt. Die Rinde war abgeschält und das Holz geölt. Sandra erreichte ebenfalls die Leiter und folgte ihm fluchend. Pat stand immer noch auf dem Weg und beobachtete die beiden, während er auf dem Grasweg verharrte. Dann schaute er zu seinen Eltern, die bereits ziemlich weit vor ihnen waren. Plötzlich überkam ihn das Gefühl, dass ihn jemand beobachtete und nur darauf gewartet hatte, dass er allein war. Er fühlte sich wie leichte Beute für jeden, und in Panik lief er seinen Geschwistern hinterher. »Wartet auf mich!«, rief er leise, aber mit einer drängenden Stimme, und lief so schnell er konnte durch das hüfthohe Gras. Schließlich erreichte er die Leiter und begann, sie hinaufzuklettern. Fast Oben angekommen, sah er, dass Alex und Sandra bereits auf dem Hochsitz und in einen Streit geraten waren. Der Hochsitz war nach allen Seiten geschlossen. Nach vorn hatte er eine Öffnung von 60 x 40 cm, um das Wild zu beobachten oder, im Falle eines mitgeführten Gewehrs, zu erlegen. Nach hinten zur Leiter gab es nur einen kleinen Durchgang. Während Pat sich auf die Sprossen der Leiter konzentrierte, hörte er, wie seine Geschwister auf dem Hochsitz stritten. Für einen Moment war er unaufmerksam, als er hoffnungsvoll nach oben blickte, um seine beiden Geschwister zu sehen. Dabei rutschte er von den eingeölten Sprossen ab. Er konnte sich noch rechtzeitig fangen, blieb jedoch an einer hervorstehenden Astnarbe hängen, die sich durch seine Hose in die Haut schnitt. Der Schmerz war kaum zu spüren, da seine Angst und Aufregung überwogen. Trotzdem kletterte er weiter nach oben und erreichte schließlich das zankende Geschwisterpaar. Die beiden hörten auf, als Pat dazukam. Sandra gab Alex erneut einen kräftigen Schlag auf den Oberarm, und beide schauten auf Pats blutenden Oberschenkel. »Das ist alles deine Schuld!«, schrie Sandra und schlug Alex erneut auf die Schulter. »Was kann ich dafür, dass der Zwerg hier heraufklettert?«, sagte Alex selbstsicher. Dann beruhigte er sich, ging in die Knie und schaute auf Pats Oberschenkel. »Das sieht schlimmer aus, als es ist. Es ist nur eine Schürfwunde, das heilt ohne Probleme in ein paar Tagen«, sagte er und streichelte Pat schnell durch die Haare. »Müssen wir es verbinden?«, fragte Sandra und schaute durch den Schießschacht nach draußen, um zu sehen, ob sie ihre Eltern noch sehen konnte. Bruce und Debbie waren bereits weitergegangen und außer Sicht. Sandra beugte sich auch zu Pat hinunter. »Ich hatte Angst, ganz allein«, sagte Pat und schaute zu Alex. »Angst?«, spottete Alex ein wenig. »Was soll denn passieren«, sagte er noch und in diesem Moment traf sie völlig unerwartet der erste heftige Schlag gegen die Holzpfeiler des Hochstandes. Alle drei wurden durch die Wucht des Schlages umgeworfen und landeten auf dem Holzboden des Hochstandes. »Was war das?«, fragte Sandra ängstlich. Sie konnte die Ratlosigkeit in Alex' Augen und die Angst in Pats sehen. Sie versuchten aufzustehen und durch die Türöffnung hinunterzublicken, um zu sehen, was gegen die Holzstreben des Hochstandes gelaufen oder geprallt war. Doch dann folgte der zweite Schlag, und alle drei stürzten erneut zu Boden. »Verdammt, was ist das?«, schrie Alex und versuchte verzweifelt aufzustehen, doch dann traf sie der dritte, noch stärkere Schlag, und er fiel erneut hin. »Das ist nicht witzig«, rief Sandra panisch. Pat klammerte sich nur am Holzboden fest und versuchte, ruhig zu bleiben. Die Schläge gegen die Stützen des Hochstandes kamen nun aus allen Richtungen. Die Konstruktion bewegte sich hin und her, immer heftiger und schneller, wie ein morscher Ast im Sturm. Sie hörten das Knacken der Stützen. »Wir kippen um«, kreischte Pat, und dann brachen die Stützen wie Streichhölzer nach vorne und der Hochstand stürzte fast vier Meter in die Tiefe. Sie wurden hin und her geschleudert. Sandra prallte mit ihrem Kopf gegen einen Balken an der Decke, der das kleine

Dach stützte. Alex nahm Pat in die Arme, um ihn zu schützen. Mit einem Ächzen und Bersten schlug der Hochsitz auf dem Feld der Lichtung auf. Alle drei waren so angespannt und unter Adrenalin, dass sie sich trotz leichter Benommenheit eilig aus der demolierten Hochsitzhütte herausschälten. Erschöpft lagen sie im trockenen Gras und schauten sich in alle Richtungen um. Es war nichts zu sehen. Rein gar nichts. Während des Sturzes hatte Pat an alles Mögliche gedacht: Zombies, entstellte Hinterwäldler, Monster und *King Kong*, aber es war nichts zu sehen. »Was zur Hölle war das?«, schrie Alex wütend und voller Verzweiflung. Er schaute Sandra an und bemerkte, dass sie eine kleine Platzwunde am Kopf hatte. Alex kroch zu ihr und untersuchte ihre Stirn. Sandra fasste an ihre Wunde und starrte auf das Blut an ihren Fingern. »Ist es schlimm?«, fragte sie verzweifelt. »Nur ein Kratzer«, flachste er, um sie aufzumuntern. »Was war das?«, fragte Pat. Beide drehten sich zu ihm um. »Ist alles in Ordnung?«, fragte Alex und kroch schnell zu Pat herüber. Er untersuchte ihn leicht, konnte jedoch keine Verletzungen feststellen. Alex schaute sich noch einmal vorsichtig um, konnte aber nichts sehen. Weder Bruce noch Debbie waren in Sicht. Er reichte Sandra die Hand und half ihr aufzustehen. Das Gleiche tat er bei Pat. Er blickte weiter auf Sandras blutende Wunde. »Wir brauchen etwas, mit dem du dir die Stirn verbinden kannst. Dann müssen wir dringend ins Krankenhaus«, sagte er und suchte nach etwas, um Sandras Stirn zu verbinden. »Meinst du, das muss genäht werden?«, fragte Sandra besorgt. »Vielleicht. Aber es wird keine große Narbe zurückbleiben. Zieh deine Bluse aus«, sagte er zu ihr. Sandra blickte auf ihre nicht mehr so weiße Bluse und zog sie aus. »Pat, gib mir mal dein kleines Taschenmesser«, sagte Alex zu ihm und streckte die Hand aus. »Woher weißt du das?«, fragte Pat und begann sofort, in seine Hosentasche zu greifen. »Du hast immer eins dabei«, sagte Alex lächelnd. »Auch, wenn ihr glaubt, ihr seid mir egal«, sagte er und machte eine kurze Pause, während er das kleine, nur wenige Zentimeter große Taschenmesser von Pat entgegennahm. »So egal seid ihr mir nicht«, fügte er hinzu. Er klappte das Messer auf und schnitt den Ärmel von der Bluse ab. »Drück das fest auf die Stirn«, sagte er zu Sandra und gab ihr die Bluse zurück. »Geht es?«, fragte er sie. »Ja«, antwortete sie und boxte ihn auf die Schulter. »Das liegt nur daran, dass du so fett bist«, sagte sie spöttisch. Pat lachte. Dennoch schaute er sich weiterhin um und suchte nach Spuren, die das Umstürzen des Hochstandes herbeigeführt haben könnten. »Hört auf damit, so etwas immer zu sagen«, sagte Alex und drehte sich um, um zu prüfen, ob er ihre Eltern irgendwo in der Entfernung sehen konnte. »Das tut verdammt weh, wenn ihr so etwas sagt«, fügte er hinzu. Sandra drückte weiterhin fest ihren Blusenärmel gegen die Stirn, der sich langsam rot färbte. Sie zog ihre jetzt einarmige Bluse wieder an. »Mist, und die Bluse war verdammt teuer. Die ist von *ALAÏA*«, murmelte sie. Niemand reagierte. Sie drückte weiterhin den abgeschnittenen Stoffärmel gegen ihre Stirn, legte den anderen Arm um Alex und schaute gemeinsam mit ihm in Richtung der Eltern. Sie gab ihm einen freundschaftlichen Kuss auf die Wange. »Vielen Dank für deine Hilfe. Lass uns von hier verschwinden«, sagte sie und warf noch einen letzten Blick auf den umgestürzten Hochstand. »Was auch immer das war, es beunruhigt mich und scheint immer noch in der Nähe zu sein«, fügte sie hinzu. Alex sah sich weiterhin um, da er seine Brille verloren hatte. Schließlich fand er sie mit gebrochenen Gläsern im Gras. »Großartig« dachte er und klappte die schiefen Bügel seiner Brille zusammen, um sie sicher in der Hosentasche seiner Jogginghose zu verstauen.

Da er nur leicht weitsichtig war, konnte er immer noch ohne Brille einiges sehen. Sandra war gerade dabei, mit Alex in die Richtung zu gehen, in die ihre Eltern verschwunden waren, als Pat plötzlich aufgeregt rief. »Leute, seht euch das an!« Sie drehten sich um und sahen Pat, der vor einem der abgeknickten Pfeiler des Hochstandes kniete und auf einen großen, dunklen Blutfleck zeigte. Alex kniete sich ebenfalls hin, und Sandra schaute sich weiterhin besorgt um. »Da ist etwas mit großer Wucht dagegen gestoßen«, sagte Alex, während er den dunkelroten, verschmierten Blutfleck näher betrachtete. »Ein Wildschwein könnte das gewesen sein«, fügte er hinzu, während er wieder aufstand. Pat war ebenfalls auf den Beinen und fest von Alex' Vermutung überzeugt. Es schien eine plausible Erklärung zu sein. Alex warf einen Blick auf die innerlich maroden Holzpfeiler des Hochstandes. Es war offensichtlich, dass sie leicht mit ein paar kräftigen Stößen zum Einsturz gebracht werden konnten. Glücklicherweise waren sie nicht schlimmer verletzt worden. »Lasst uns schnell weitergehen, bevor es zurückkommt«, sagte Pat und packte Sandras Hand. Die Geschwister beschlossen, sich schnell wieder auf den Weg zu machen, da sie spürten, dass die Gefahr noch immer in der Nähe lauern könnte.

»Sicher hat es Tollwut«, meinte sie, und alle drei eilten in schnellem Schritt über die Lichtung zurück in den Wald. Sie erreichten den Weg und folgten Bruce und Debbie. Unterwegs warfen sie immer wieder nervöse Blicke über die Schulter, um sicherzustellen, dass ihnen nichts folgte, aber es war nichts zu sehen. Als sie nach einer weiteren langen Kurve in der Ferne ihre Eltern erblickten, liefen sie schnell und riefen laut, um auf sich aufmerksam zu machen. Debbie drehte sich um und spürte instinktiv, dass etwas nicht stimmte. Sie konnte das Rot an Sandras Stirn schon von weitem erkennen. Sie packte Bruce an der Schulter und deutete in Richtung ihrer Kinder. Bruce sah sofort, dass etwas nicht in Ordnung war, und gemeinsam liefen sie aufgeregt auf ihre Kinder zu. »Was ist passiert?«, fragte Debbie nervös, als sie sie erreichten. Sie begann sofort damit, ihre drei Kinder zu untersuchen, die alle leichte Schürfwunden hatten. Sandra hatte es mit der Platzwunde am schlimmsten erwischt. »Der Hochstand ist eingestürzt, weil etwas dagegen gerannt ist«, erklärte Pat aufgeregt. Debbies Reaktion auf diese Nachricht war verhalten. »Wie konnte der Hochstand einstürzen?«, fragte Bruce verwirrt. »Der steht doch schon seit unzähligen Jahren dort«, sagte er. »Vater, etwas hat ihn zum Einsturz gebracht«, erwiderte Sandra. »Wir vermuten, es war ein Wildschwein«, ergänzte Alex, der nach dem Laufen etwas außer Atem war. Bruce schaute sich besorgt um. »Ein Wildschwein, sagt ihr? Hier wurden seit Monaten keine mehr gesichtet«, überlegte er, seine Stirn in Falten gelegt. Sandra konnte sehen, dass er besorgt war. »Wir sollten ins Krankenhaus«, sagte er und betrachtete erneut Sandras Stirn. »Auch Pat hat eine Wunde«, fügte er hinzu und zeigte auf Pats Bein und die aufgerissene Hose. Bruce deutete in den Wald. »Wir nehmen ab hier eine Abkürzung durch den Wald, das spart Zeit«, schlug er vor. Alle blickten überrascht in den dichten Wald. Debbie schaute zu Bruce und erkannte seine Sorgen. Bevor sie etwas sagen konnte, drängte Bruce sie bereits. »Komm, Liebling. Der Waldboden ist total trocken, und wir sind schon öfter dort langgegangen. Das wird schon Zeit sparen, bestimmt 15 Minuten oder mehr.« Er nahm sie an der Hand und zog sie vom Weg in den Wald. Die Kinder folgten ihnen. Pat drückte sich direkt hinter seine Mutter, da er nicht am Ende der Gruppe gehen wollte. Zu oft hatte er Filme gesehen, in denen dem letzten in der Gruppe etwas zustieß. Da der Wald sehr dicht war, mit Farnen und dicken Büschen, gingen sie hintereinander. Zuerst Bruce, dann Debbie, gefolgt von Pat, Sandra und schließlich Alex, der sich in kurzen Abständen umdrehte. Links von ihnen hörten sie das leichte Plätschern eines Flusses, den sie irgendwann überqueren mussten. Da sie bereits häufig in dieser Gegend auf Erkundungstouren gewesen waren, wussten alle, dass bald drei Bäume kamen, die nach einem Sturm vor vielen Jahren über den Fluss gestürzt waren und als provisorische Brücke dienten. Bis dahin war jedoch noch ein Stück zu gehen. Der Fluss war recht breit, etwa sieben bis acht Meter, und obwohl er nicht besonders tief war, war sein Boden steinig. Wenn man trotz der starken Strömung hineinsprang, konnte man sich leicht an den scharfkantigen Steinen verletzen. Aufgrund von Nervosität und der Eile wurde es allmählich warm. Alex hatte Schweißflecken unter den Armen, Sandras Locken hingen wild und leicht verschwitzt in alle Richtungen, und auch Pat, Debbie und Bruce begannen zu schwitzen. Mücken und Fliegen begleiteten sie auf ihrem Weg und es schien, als würden es immer mehr, je weiter sie in den Wald vordrangen. Bruce zog genervt sein Shirt aus und versuchte, die Insekten damit zu vertreiben. Sandra lauschte aufmerksam in den Wald hinein. Dann drehte sie sich zu Alex um. »Ist es dir auch aufgefallen, dass die Vögel seit einer Weile nicht mehr zwitschern?«, fragte sie besorgt. Alex zuckte nur mit den Schultern. Seine Gedanken waren schwer zu fassen, die Hitze machte ihm zu schaffen. Sandra fand die Veränderung in der Luft beunruhigend. Der einst frische Duft schien sich allmählich in Moder und Muff zu verwandeln. Der Geruch wurde immer intensiver und stach in ihre Nasen, bis Debbie schließlich schreiend hinter Bruce zum Stehen kam und auf einen zerbissenen, ausgeweideten Hirsch starrte. Er blockierte direkt ihren Weg. Der Hirsch hatte eine aufgerissene Kehle, das Blut war bereits geronnen und getrocknet, und seine Innereien waren durch mehrere Bisswunden aus seinem Körper entfernt worden. Sein stumpf blickendes Auge hing aus der Augenhöhle und sein einst stolzes, riesiges Geweih war durch äußere Gewalt aus seinem Schädel herausgebrochen und lag über dem Kadaver. Sandra hielt sich die Hand vor den Mund, um zu verhindern, dass sie sich übergab. Bruce starrte besorgt in den Wald, während er seine Familie schützen wollte. »Das war kein Wildschwein«, sagte er energisch und mit einem panischen Unterton. »Kommt! Wir können gleich über den Fluss.« Sie gingen an dem toten Hirsch vorbei. Sandra schaute mit vorgehaltener Hand noch einmal auf den Kadaver. Sie gingen weiter und alle schauten sich um, ob sich nicht irgendwo im Gebüsch etwas versteckte. Sie erreichten die drei Tannen, die über den Fluss bei einem Sturm vor Jahren umgeknickt waren und eine Art Brücke bildeten. Bruce erreichte sie als erster und blieb stehen. »Sandra, du zuerst mit Pat. Dann Debbie«, sagte er und half Sandra und Pat auf den Stamm. Die drei Stämme lagen nahe beieinander, so dass sie mit etwas Gleichgewichtssinn den Fluss überqueren konnten. Als Pat und Sandra in der Mitte angekommen waren, stieg auch Debbie schnell auf die Tannen, um über den Fluss zu kommen. Bruce stand weiter am Ufer und kontrollierte, dass alle gut auf die andere Seite kommen würden. Alex war bereit. Gerade als Alex einen Fuß auf die provisorische Tannen-Brücke setzen wollte, hörte er Sandra aufschreien. Er schaute zu ihr. Sie hatte fast das andere Ufer erreicht, schaute aber in die Richtung von Bruce und schrie laut auf. Alex drehte sich um und schaute ebenfalls zu Bruce. Dann richtete sich sein Blick auf das, was sich hinter seinem Vater bewegte. Aus dem dichten Gebüsch schauten drei, vier, fünf schwarze, riesige zähnefletschende Hunde hervor. Sie waren riesig und muskulös. Sie hatten die Geschmeidigkeit eines Dobermanns, die Kraft eines Mastino, den Kiefer eines Mastiffs und das aggressive Gesicht eines American Pitbulls. Ihr Fell war schwarz und glänzend, und ihre Fangzähne waren so groß, dass sie in der Sonne leuchteten. Ihre Augen waren dunkel und strahlten pure Wut aus. Ihre Stirn war etwas weiter nach vorne gewölbt, und ihre Schnauze war breit, aber dennoch etwas spitz zulaufend. Ihr Kiefer war so breit und ausgeprägt, dass er einem Hyänenbiss nicht nachstehen würde. Alle Hunde hatten das rechte Ohr verstümmelt, als wäre es herausgebissen worden. Alex wollte etwas sagen, doch ihm verschlug es die Sprache. Er zeigte seinem Vater mit zittrigem Zeigefinger, dass er sich umdrehen möge. Bruce' Augen wurden groß. So wie ihn alle fassungslos anstarrten und Sandra geschrien hatte, konnte er sich nicht vorstellen, was sich hinter ihm befand. Vor Schreck ließ er sein Shirt fallen, was er immer noch in der Hand hielt. Dann drehte er sich langsam um, schaute in das bedrohlich knurrende Gesicht eines der Hunde und da stürzte sich der erste schon auf ihn und verbiss sich in seiner rechten Hand und zerrte wie wild daran. Bruce schrie auf. Er drehte den Kopf zu den anderen und schrie vor Schmerzen: »Lauft, lauft. Verdammt lauft!!!« Schon sprang der zweite Hund aus dem Gebüsch und stürzte sich auch auf seinen rechten Arm. Die gewaltigen Zähne verbissen sich tief und fest darin. Beide Hunde zerrten fast parallel und im Einklang an Bruce Arm. Sandra blieb wie versteinert auf den Baumstämmen stehen, Debbie und Alex ebenfalls. Sandra drehte Pats Kopf automatisch weg, damit er diesen Alptraum nicht sah. »Lauft!«, schrie Bruce noch einmal. Die Verzweiflung und der Schmerz in seiner Stimme waren deutlich zu hören. Er versuchte mit seiner freien Hand einen Ast zu greifen, doch da sprangen zwei weitere Hunde aus dem Gebüsch und bissen sich in seinen linken Arm fest. Sein rechter Arm wurde ausgekugelt. Die beiden Hunde an seinem linken Arm ließen plötzlich los und konzentrierten sich auf die Personen, die sich auf den Baumstämmen befanden. Sie knurrten, bellten und leckten sich genüsslich die Lefzen. Sandra sah einen fünften Hund etwas abseits des Ganzen stehen. Er schaute nur zu, wirkte Teilnahmslos. Bruce konnte mit seinem blutenden linken Arm einen starken Ast ergreifen und versuchte seine Hand aus den beißenden Kiefern zu befreien. Er versuchte leicht daran zu ziehen, aber die Hunde gaben nicht nach. Sie rissen und zerrten weiter. Bruce hakte sich mit dem Ellenbogen in den Ast ein, um der unbändigen Kraft der beiden Hunde entgegenzuwirken. Er spürte, wie seine Kraft schwand. Er wusste, dass er nicht mehr lange durchhalten würde. Alex drehte sich zu seiner Mutter um und drängte sie energisch, weiterzugehen, denn die Hunde versuchten den Baumstamm zu betreten. Sie drehte sich verzweifelt um. Sandra tat es ihr gleich und erreichte mit Pat das andere Ufer, gefolgt von einer panischen Debbie und Alex. Bruce Arm blutete immer mehr und die Hunde gaben nicht nach. Sie gerieten in einen Blutrausch, rissen und zerrten mit einer unmenschlichen Kraft an seinem Arm. Als die Sehnen rissen und mit einem Knall zersprangen, drehte sich Debbie panikartig um und schrie fassungslos auf. Als die Haut aufriss und das Fleisch an der Schulter langsam und dann immer schnell faserig auseinandergerissen wurde und das Blut aus der abgetrennten Hauptschlagader herausschoss, verlor Bruce für einen Bruchteil von Sekunden das Bewusstsein. Er knickte kurz ein, sein linker Arm hin noch um den Ast gewickelt und stützte ihn. Die beiden Hunde kümmerten sich um den herunterfallenden, ausgerissenen Arm und zerfleischten ihn. Bruce erlangte wieder das Bewusstsein, schaute wie traumatisiert auf den

Stumpf an seiner Schulter. Da, wo vorher sein Arm war, war nichts mehr. Das Blut strömte nur so aus der Wunde heraus, Sehnen und Adern hingen hinab, das Schultergelenk schimmerte gelblich durch das dunkle Blut. Sein nackter Oberkörper war mit Blut bedeckt. Er konnte die Situation nicht verkraften, er konnte es nicht glauben, was passiert war. Ihm wurde schwarz vor Augen. Er ließ den Ast los und bewegte sich schwankend nach vorne und als einer der beiden Hunde von dem Arm abließ und ihn von hinten anspringen und in sein Genick beißen wollte, taumelte er nach vorne, wurde ohnmächtig und fiel in den Fluss. Seine Familie schrie auf, als das Wasser sich rot färbte und ihr geliebter Vater mit schnellem Tempo den Fluss hinuntertrieb, gefolgt von einem roten Schweif aus Blut, der sich im Wasser bildete und ihm auf seinem Weg den Fluss hinunter folgte. Debbie weinte und schrie nach ihrem Mann. Sandra musste sich übergeben. Pat schaute immer noch wimmernd in eine andere Richtung, er wollte das alles nicht sehen. Er hatte seine Familie gewarnt. Aber niemand wollte auf ihn hören. Er hoffte, es sei ein Traum, aus dem er bald aufwachen würde. Aber dem war nicht so. Er hörte, wie Alex aufschrie, dass sie davonlaufen sollten. Die Hunde hatten vorsichtig die

Baumstämme bestiegen und waren auf dem Weg zu ihnen. Die beiden Hunde, die am Ufer zurückgeblieben waren, wüteten miteinander um den abgetrennten Arm. Dabei bissen sie sich selbst kurz und als einer der Hunde den Arm in die Luft schwang und dieser in den Fluss stürzte, sprangen beide Hunde euphorisch hinterher. Die Strömung erfasste sie sofort. Sie versuchten dagegen anzukämpfen, wurden aber weiter fortgetrieben. Alex schrie verzweifelt: »Lauft, lauft, LAUFT!« und rannte an Sandra und Pat vorbei, gefolgt von seiner hysterisch weinenden Mutter. Die Äste auf dem Boden rissen an ihren Beinen, aber sie spürten den Schmerz nicht. Sie liefen den dicht bewachsenen Wald hinauf, während die Hunde das Ufer erreichten und knurrend die Verfolgung aufnahmen. Sie wussten nicht, wohin sie rennen sollten, die Hunde waren ihnen dicht auf den Fersen. Sandra stolperte auf dem mit Moos und vielen abgestorbenen Tannenzweigen übersäten Boden und fiel hin. Pat wollte stehen bleiben, aber sie schrie ihn an, dass er weiterrennen sollte. Sie drehte sich auf den Rücken und sah, wie der Hund auf sie zusprang. Im letzten Moment griff sie nach einem dicken Ast, der neben ihr lag, und hielt ihn schützend vor ihr Gesicht und ihren Hals. Der

Hund biss hastig in den Ast. Sein scharfes Gebiss war nur Zentimeter von ihrem Gesicht entfernt. Sie konnte seinen faulen Atem riechen, der nach verwestem Fleisch roch. Der Hund hatte sehr scharfe, lange Krallen, die sich direkt in die Haut von Sandras Bein und Hüfte bohrten, als er auf ihr stand. Debbie, die stehen geblieben war, um ihrer Tochter zu helfen, sah Sandra am Boden liegen. Sie rannte zurück, griff im Laufen nach einem dicken Ast, der von einem abgestorbenen Tannenstamm herabhing, und stürzte sich auf den Hund. Als dieser Debbie auf sich zukommen sah, ließ er von dem Ast und Sandra ab und wollte sich auf Debbie stürzen, doch bevor er das konnte, drehte Sandra den Ast um und rammte ihm das Ende des Astes tief in den Rachen, so dass das leicht spitze Ende rot gefärbt am Hinterkopf des Hundes wieder herauskam. Er jaulte mit einem ohrenbetäubenden Geräusch auf und wankte hin und her, bevor er sich auf Sandras Körper zusammenrollte und tot zur Seite hinunterfiel. Sandra bekam kaum Luft, während ein überwältigendes Gemisch aus Euphorie und Angst in ihr aufstieg. Debbie half ihrer Tochter, sich aufzurappeln, während sie den toten Hund ansah. Sie suchte nach Pat und entdeckte ihn etwa 20 Meter entfernt an einem geschotterten

Waldweg. Pat winkte und zeigte auf den Boden, wo ein Kanalrohr parallel zum Weg verlief. Der Hund, der Alex verfolgt hatte, blieb stehen, als er den Schrei und das Jaulen seines Artgenossen hörte. Er lief zurück und beobachtete, wie Sandra und Debbie in Richtung von Pat liefen. Alex erreichte Pat als erster. »Hier, der Einstieg in das Abflussrohr für Regenwasser«, sagte er und deutete auf das Loch im Kanal. Er hielt die grobmaschige Gittertür, die den Kanal verschloss, offen, sodass Alex direkt hineinkriechen konnte. Pat winkte Debbie und Sandra zu, die in seine Richtung liefen. Er konnte sehen, wie der Hund, der ihnen gefolgt war, den toten Artgenossen erreichte, ihn liebevoll beschnupperte und dann die aggressive Verfolgung von Sandra und Debbie aufnahm. Der Abstand zwischen ihm und den beiden wurde immer kürzer. »Lauft, lauft, er ist schon hinter euch!« kreischte Pat vor lauter Angst. Die Hunde waren nur noch fünf, vier, drei Meter von ihrem sicheren Unterschlupf entfernt. Pat kroch bereits in die Röhre hinein, und Alex war weit genug hineingerutscht, um Platz für die anderen zu schaffen. Debbie erreichte das Kanalrohr als erste und sprang hinein, blieb jedoch kurz am Betonrand hängen und schnitt sich dabei den Arm auf. Sie robbte blitzartig weiter hinein, um genug Platz für ihre Tochter zu schaffen. Ihre Tochter sprang als Nächste in den kleinen Graben und dann in das Kanalrohr. Doch der *Zwillingshund* packte ihren Fuß und biss in ihren Stiefel, während er wild daran zerrte. Sandra drehte sich leicht auf den Rücken, holte mit dem anderen Bein aus und trat immer wieder gegen die Schnauze des Hundes. Endlich setzte sie so einen verzweifelten und kraftvollen Tritt an, dass der Hund etwa einen Meter zurückgeschleudert wurde. Sandra zog schnell ihren Fuß in die Kanalröhre, und Pat sprang auf sie und zog das Gitter vor das Kanalrohr. Der Hund biss sofort wütend in das Gitter. Pat zog seine Hände zurück, und der Hund versuchte verzweifelt, das nicht gesicherte Gitter erneut zu öffnen. Sandra drehte sich in dem engen Kanalrohr um und griff ebenfalls nach dem Gitter. Der Hund ließ kurzzeitig ab, versuchte dann aber erneut, an der Stelle zuzubeißen, an der Sandras Finger das Gitter umfasst hatten. Sandra zog schreiend ihre Finger zurück. Dann griff der Hund erneut an, und Sandra zog das Gitter erneut vor das Kanalrohr. Der Hund ließ erneut ab, wollte aber sofort wieder zubeißen. Das war der Moment, in dem Pat ein Gasfeuerzeug hervorholte, die Flamme auf die höchste Stufe stellte und sie vor das Gesicht des Hundes hielt, als er erneut mit großer Kraft versuchte, das Gitter zu durchdringen. Die Flammen senkten die Tasthaare des Hundes ab und stiegen in seine Nase. Mit einem wehleidigen Jaulen sprang der Hund zurück, ließ vom Gitter ab und verschwand im dichten Gebüsch des Waldes. Plötzlich kehrte Ruhe ein. In dem Kanal hörten sie nur ihr eigenes schweres Atmen und Keuchen. Pat kroch von Sandra herunter und setzte sich neben Alex in das Kanalrohr.

Kapitel 6

Es war alles andere als komfortabel in dem etwa zwei Meter durchmessenden Rohr. Der Boden war mit einem dünnen Wasserfilm bedeckt, der sich in verschiedene große und kleine Pfützen aufteilte. Der modrige Geruch hing in der Luft, obwohl es seit Tagen nicht mehr geregnet hatte. Normalerweise wären sie in Sicherheit gewesen, aber die Situation war alles andere als normal. Sandra riss ein Stück aus ihrer inzwischen nicht mehr weißen Bluse, band es vorsichtig um eines der Gitterstäbe und hielt das Ende von innen mit ihrer Hand fest. »Falls er nochmal zurückkommt«, sagte sie zu den anderen. Debbie hörte ihr kaum noch zu. Sie starrte wie gelähmt auf den Boden. »Mom«, rief Sandra und zeigte auf ihre Wunde am Bein. Debbie blickte hoch, ihre Augen füllten sich mit Tränen. Dann brach sie in ein leises, wimmerndes Schluchzen aus. Alex legte seinen Arm um sie, und sie verbarg ihr Gesicht in seinem verschwitzten Sweatshirt. »Er ist tot«, sagte Debbie leise, immer wieder wimmernd. »Das kann einfach nicht sein. Das kann nicht wahr sein.« Sie hielt kurz die Luft an, als ob sie aufwachen wollte, aber nichts änderte sich. Schließlich lehnte sie sich zurück an die Betonwand des Kanalrohrs und schaute ihre Kinder an. »Pat, ist mit dir alles in Ordnung?«, fragte sie, während sie ihre Tränen trocknete und ihre Fassung zurückgewann. Sie richtete ihren Blick auf Pat. »Alles in Ordnung«, sagte Pat leicht weinerlich, als seine Mutter nach seinem Befinden fragte. Debbie blickte erleichtert zu ihren Kindern. Sie sah, dass Alex keine sichtbaren Verletzungen hatte, aber

Sandras Bein und Stirn bluteten. Ihr weißes Top war von Blut, Schweiß und schmutzigem Kanalwasser durchtränkt. Sandra riss erneut ein Stück ihrer Bluse ab und band es um Debbies verletztes Bein. Der Stoff färbte sich schnell rot, und Debbie verzog schmerzhaft das Gesicht. Alex kletterte zu Sandra, und Debbie saß neben Pat, nahm ihn in den Arm, während er weinte und Schutz suchte. Alex rückte näher an Sandra heran, und sie lehnte sich an ihn. Schweigend saßen sie dort für einige Minuten, während ab und zu ein wenig schmutziges Wasser durch das Kanalrohr floss. Niemand sagte ein Wort, da sie alle mit ihren Tränen und Gefühlen zu kämpfen hatten, nachdem sie gerade ihren Vater auf so schreckliche Weise verloren hatten. Die Stille wurde schließlich unterbrochen, als Sandra sich übergab und ihr Erbrochenes leise ins dreckige Kanalwasser plätscherte, wovon ein Teil durch das Gitter nach draußen floss. Alex nahm sie in den Arm, und sie fühlte sich von seiner Nähe getröstet. »Ich hatte euch gewarnt«, sagte Pat fordernd. Er war wütend und verletzt, und seine Tränen trockneten langsam. Er war verärgert über das, was passiert war und besonders darüber, dass niemand auf ihn gehört hatte. Dies erinnerte ihn an andere Momente in der Vergangenheit, als seine Warnungen ebenfalls nicht beachtet worden waren. Pat dachte an eine Gelegenheit, als er im Bett lag und hörte, wie jemand von außen das Wohnzimmerfenster öffnete, die Jalousie hochzog und im Wohnzimmer herumsuchte. Er hatte von seinem Bett durch die offene Tür zu seinen Eltern ins Schlafzimmer gerufen, dass sich ein Eindringling im Haus befand. Doch er erhielt nur die Antwort, dass er schlecht träumte und weiterschlafen solle. Pat betonte erneut, dass sich jemand Fremdes im Haus befand, aber seine Eltern reagierten nicht. Am nächsten Morgen hörte er, wie seine Eltern im Wohnzimmer darüber sprachen, wie jemand ins Haus gelangt sein konnte, ohne gesehen zu werden, insbesondere, da das Fenster fast zwei Meter über dem Boden lag. Debbie streichelte sanft Pat über den Kopf, während er all diese Gedanken und Erinnerungen durchlief. »Was zum Teufel war das gerade eben?«, fragte Sandra und durchbrach die Stille, die sie einen Moment lang umgab. Es gab keine Antwort. Es dauerte einen Augenblick, Pat räusperte sich. Er hatte nicht gesehen, was mit ihrem Vater passiert war, und wollte es sich nicht einmal vorstellen. »Das waren die *Zwillingshunde*! Die Zeitung hat davon berichtet«, sagte er leise. »*Zwillingshunde*?«, rief Alex verwirrt aus. »Was zur Hölle sind...«, wollte er fortfahren, aber Pat unterbrach ihn. »Das ist keine gewöhnliche Rasse«, erklärte Pat kopfschüttelnd. »So etwas habe ich noch nie gesehen. Könnt ihr euch erinnern, als wir uns alle einen Hund gewünscht haben? Sandra und ich sind alle möglichen Rassen durchgegangen, um Dad einen Vorschlag zu machen, aber so etwas stand nicht in den ganzen Datenbanken.« »Dad wollte nie einen Hund, egal in welcher Größe«, fügte Debbie hinzu. Sandra wandte sich an Pat und versuchte, das Thema zu vertiefen: »Was stand in dem Zeitungsartikel? Als Marc mich gestern in der Bahn abgesetzt hat, habe ich nur die Überschrift auf einer Zeitung gelesen.« »Marc?«, fragte Debbie, die von dieser Erwähnung überrascht wurde. Sandra schlug sich innerlich mit der flachen Hand gegen die Stirn. Sie wechselte schnell das Thema, um Debbies Frage zu ignorieren. »Pat, was stand in dem Zeitungsartikel?« Pat überlegte einen Moment. »Nicht viel, nur das wilde Hunde ausgebrochen sind, dass die Polizei sich darum kümmert, man den Wald meiden und wenn es zu einer Begegnung kommt, direkt die Flucht ergreifen soll. Mehr stand da nicht drin.« Nach einer kurzen Pause ergänzte er: »Doch, dass *Zwillingshunde* sehr selten sind und man nur mit einem Gentest feststellen kann, ob es Zwillinge sind oder nicht.« Sandra blickte auf die Pfütze und ihr Erbrochenes auf dem Boden. Die Pfützen bewegten sich wieder leicht, als noch ein kleiner Schwung Wasser durch das Kanalrohr plätscherte. »Habt ihr gesehen, wie stark die sind?«, sagte sie. »Dad war trainiert, und sie haben ihn trotzdem...« Sandra verschluckte den Satz und brach ab. »Alle haben Bisswunden am rechten Ohr«, sagte Pat. »Wie viele sind es überhaupt?«, fragte Alex. »Ich denke, etwa fünf oder vielleicht sechs. Sandra hat einen erledigt. Oder nicht?« Sandra zuckte mit den Schultern. »Ich kann mich nicht erinnern. Ich habe einfach gehandelt.« Sie schaute aus dem vergitterten Tunnelrohr und lauschte auf Geräusche. Es war verdächtig ruhig. Sie hörte nur den Wind. Die Vögel zwitscherten immer noch nicht. »Marc ist Sandras Freund«, sagte Alex und unterbrach die Stille, indem er zu Debbie blickte. Sandra verdrehte die Augen und schaute zu Alex, die Hände hilflos erhoben. »Was zum ... was soll das denn jetzt?«, fragte sie. »Und woher willst du das überhaupt wissen?« Debbie schaute zwischen Sandra und Alex hin und her. »Nun ja, vielleicht lenkt uns ein anderes Thema jetzt ab«, lächelte sie. »Vielleicht bist du einfach nur neidisch. Du hackst immer auf mir herum und petzt alles, was ich mache. Manchmal frage ich mich, ob du einfach nur … Ja, du bist einfach nur neidisch. Was habe ich dir getan?«, fuhr Sandra wütend fort und gab Alex einen kräftigen Schlag auf die Schulter. Alex saß still da und starrte auf den Boden, auf die Pfütze. »Sag schon«, forderte Sandra ihn heraus und schlug ihm noch einmal, zweimal kräftig auf den Oberarm. »Aua«, sagte er ironisch. »Ich habe auch Gefühle und nur weil du so perfekt bist, stört es mich, dass du immer auf mir herumtrampelst!« »Das ist es, was euer Vater immer wollte: zusammenhalten«, ermahnte Debbie sie. »Ihr sollt euch streiten, aber nicht beleidigen oder verpetzen, sondern füreinander da sein. Also hört jetzt auf.« Debbie schaute beide an, nachdem sie das gesagt hatte. »Sandra, du hast also einen Freund?« Sandra wippte leicht mit dem Fuß. »Ja, habe ich.« »Und ist er nett?« »Ich mag ihn«, sagte sie und schaute zu ihrer Mutter. Debbie nickte. »Dann ist das doch gut. Das hättest du uns auch schon früher sagen können. Was ist daran so schlimm?« »Aber Dad hat doch mal gesagt, dass ich bloß nicht vor achtzehn mit einem Jungen ankommen soll.« Debbie winkte ab. »So war das doch nicht gemeint. Väter sind nun einmal eifersüchtig, was ihre Töchter betrifft, aber wenn du deinen

Freund magst und glaubst, dass es das Richtige für dich ist, dann ist es gut. Du sollst dich nur nicht selbst aufgeben, sondern so bleiben wie du bist und deine Werte und Ziele weiterverfolgen. Das ist alles, was wir wollten.« Debbie dachte gerade über das Wort 'Wir' nach. Sie schaute von Sandra weg und starrte auf die graue Betonwand, die an einigen Stellen von Moos bewachsen war. »Mom, weißt du, Dad war ein richtig toller Vater. Er hat uns so vieles gezeigt, uns nie geschlagen und hatte immer ein offenes Ohr für unsere Sorgen und Probleme. Er hat zuerst immer an die Familie gedacht, dann erst an sich«, sagte Sandra und schaute ihre Mutter an. »Das stimmt. Zuerst kamen immer die Kinder, dann ich. Aber das hat mich nie gestört. Ich habe euren Vater sehr geliebt. Es war nicht immer einfach, gerade mit unserem Kleinen hier«, sagte Debbie und streichelte Pat im Nacken. »Aber selbst da haben wir zusammengehalten«, fügte Pat hinzu. »Dad hat immer gesagt, wenn wir zusammenhalten, dann schaffen wir alles.« »Hauptsache zusammenhalten!« ergänzte Sandra. »Wenn wir schon dabei sind …« Sandra griff in ihre Hosentasche und holte eine silberne Dose hervor. Darin hatte sie ihre Zigaretten und ein Feuerzeug versteckt, um es nicht direkt offensichtlich zu machen. »Mom, ich rauche zwischendurch. Ich weiß nicht warum, aber seitdem ich denken kann, denke ich nur an Zigaretten. Obwohl bei uns nie jemand geraucht hat«, gestand sie. Sandra nahm eine Zigarette aus der Dose und zündete sie an. Debbie sagte nichts und beobachtete, wie Sandra den Rauch genüsslich inhalierte. »Das hast du wohl von mir«, meinte Debbie und lächelte zu ihrer Tochter. »Darf ich auch eine haben?« Pat und Alex schauten ihre Mutter an und protestierten im Chor mit einem entrüsteten »Mom!« Debbie zuckte nur mit den Schultern. »Was denn? Ich rauche auch heimlich. Wenn ich allein bin, wenn es keiner mitbekommt. Nein, euer Vater wusste nichts davon«, kicherte sie. »Was glaubt ihr, wie stressig das jedes Mal war. Saubere Kleidung anziehen, Mund ausspülen, duschen, damit er ja nichts davon mitbekommt.« Debbie zündete sich ebenfalls eine Zigarette an und genoss den Rauch. Alex und Pat husteten und versuchten, dem Rauch auszuweichen. »Verzeih mir, Schatz, aber in dieser Situation brauche ich dringend eine Ablenkung«, sagte Debbie und nahm einen weiteren Zug. Sandra lächelte Alex schadenfroh an. Er verzog das Gesicht. »Kannst du mal aufhören mit diesem Gewinnen und Verlieren? Wir stehen in keinem Wettbewerb, es gibt keinen Preis und keinen Gewinner«, tadelte Sandra ihn mit lauter Stimme. Sie zog erneut an ihrer Zigarette und entschuldigte sich sogleich, denn sie wollte die Hunde nicht mit ihrer lauten Stimme anlocken. Dann legte sie ihren Arm um Alex' Schulter. »Ich habe dich lieb, Brüderchen, und für dich würde ich alles tun!« Debbie nickte, warf ihre halbgerauchte Zigarette in eine Pfütze. »Zusammenhalten«, ermahnte sie erneut. Alex verdrehte die Augen und ahmte seine Mutter nach. »Mom, du wiederholst dich, das nervt. Überleg dir was Neues«, meckerte er. Sandra schaute auf die Zigarette. »Was für eine Verschwendung, Mom«, schüttelte sie den Kopf. Alex dachte kurz nach, sagte jedoch nichts zu dem, was Sandra zu ihm gesagt hatte. »Was glaubst du, wie viele Augen dich gerade anschauen?«, fragte Alex Pat und deutete auf die gewölbte Decke der Kanalröhre. Pat schaute nach oben und sah zahlreiche Spinnennetze, was ihn zum Schaudern brachte. »Mensch, Alex, hör auf«, sagte Debbie angewidert und schüttelte sich ebenfalls. »Das sind Millionen von Augen, die gerade auf euch herabschauen und sich überlegen, dass, wenn sie uns als Beute hätten, nie wieder jagen müssten. Sie könnten Jahrzehnte von uns leben und ein großartiges, netzfreies Leben führen. Sich eine

Wohnung anmieten, heiraten, einen Fernseher kaufen und so weiter …«, scherzte Alex und versuchte, die Situation etwas aufzulockern. Pat musste lachen und stellte sich vor, wie eine Spinne, so ekelig sie auch sein mochte, plötzlich ein trübes, sorgloses und langweiliges Leben führen würde – ähnlich den Tieren im Zoo. Sein Vater hatte ihm das einmal im Spaß erzählt und gesagt, dass die Tiere im Zoo eine völlig neue Erfahrung in ihrem Leben machten. Sie würden träge, hätten keine Sorgen mehr und würden schließlich fettleibig, da sie überhaupt nichts mehr zu befürchten hätten. »Überlegst du, ob du mit deinem Freund schon …?«, begann Debbie zu fragen, doch bevor sie ihren Satz beenden konnte, unterbrach sie Sandra mit einem klaren »Nein«! Sandra hielt sich die Ohren zu. »Mom, ich möchte da auch nicht drüber reden. Wenn ich dich und Dad zusammen höre, dann zieht es mir schon alles zusammen«, sagte sie und schüttelte sich bei dem Gedanken. Dann hielt sie inne und starrte mit nachdenklichen Augen auf den Boden. »… Gehört habe«, sagte sie leise zu sich selbst. In diesem Moment schmerzte der Gedanke, dass ihr Vater nicht mehr bei ihnen war. Es war ihr plötzlich egal, was sie jemals aus dem Schlafzimmer ihrer Eltern gehört hatte. Sie sehnte sich nach diesen

Geräuschen zurück. Sie begann zu schluchzen. »Bitte, lass das alles ein Traum sein, und ich werde aufwachen, werde Mom mit Dad hören, und Pat wird neben mir sein. Bitte!« schrie sie. Alex warf einen kleinen Stein in die Wasserpfütze im Kanalrohr. »Leider, nein, es ist kein Traum. Tut mir leid«, sagte er und legte seine Hand auf Sandras verletztes Bein. »Denkst du, sie sind weg?«, fragte Alex Sandra. Sie zuckte verunsichert mit den Schultern. Sie zog noch einmal an ihrer Zigarette und warf sie in die Pfütze vor sich. Dann wischte sie sich die Tränen aus dem Gesicht. »Willst du nach draußen gehen und nachsehen?«, fragte sie sarkastisch. Alex lächelte, beugte sich vor und schaute durch die Gitterstäbe nach draußen. Er hielt den Atem an und war bereit, dass jeden Moment etwas vor die Gitterstäbe springen könnte. Sandra bemerkte seine Anspannung und erschreckte ihn spontan, indem sie laut 'Buh' sagte. Alex schreckte auf, stieß sich den Kopf leicht an der gewölbten Betondecke und schlug ihr aus Wut auf das verletzte Bein, während sie ihm gegen die Rippen schlug. Sie zickten lautstark miteinander. »Seid ruhig«, sagte Pat leise. Als keine Reaktion von beiden kam, brüllte er zum ersten Mal: »Seid gefälligst ruhig!« Alle schauten ihn an. »Sagt mal, hört ihr das nicht auch?«, deutete Pat auf die Kanalröhre in die andere, nicht gesicherte Richtung. Es war stockdunkel im hinteren Teil der Röhre, sie konnten nichts Genaues erkennen. Doch sie hörten etwas. Ein Geräusch, das lauter wurde und sich langsam auf sie zu bewegte. Debbie wurde hysterisch. »Sie kriechen durch den Tunnel zu uns!« Sie drehten sich zum Kanalgitter und wollten bereits aus dem Kanalrohr herausklettern, als dort vor dem Gitter, unbemerkt von allen, ein weiterer *Zwillingshund* stand. Er zeigte seine gefletschten Zähne lautlos und wirkte ansonsten regungslos. Sandra hatte das unheimliche Gefühl, dass er fast hämisch lächelte und einfach nur abwartete. »Scheiße, Scheiße, Scheiße«, fluchte Sandra. Pat zog sein Feuerzeug aus der Hosentasche und leuchtete in den Tunnel. In der Ferne sahen sie, wie sich ein *Zwillingshund* mühsam durch den engen Tunnel quetschte. Er robbte durch die verengte Stelle des Rohrs, und sie fragten sich, wie er überhaupt dorthin gelangt war. Möglicherweise hatten die Hunde den Verlauf des Rohres mit ihren feinen Nasen verfolgt und einen weiteren Eingang entdeckt. Den musste es ja irgendwo geben. Wenn die Abflussrohre verstopft waren, mussten Arbeiter hineingehen, um die Verstopfung zu beseitigen. Der Hund schob Blätter und dreckiges Regenwasser vor sich her, sodass gelegentlich ein kleiner Schwall Wasser zu ihren Füßen trieb und die Pfütze in Bewegung versetzte. Er kam immer nur wenige Zentimeter weiter, machte dann eine kurze Pause und setzte sich erneut in Bewegung. Er keuchte und schnaubte und schien nicht begeistert davon zu sein, sich in ein so enges Rohr zu zwängen. Aber er hatte sein Ziel im Auge und das waren die vier Personen, die am Ende des Abwasserrohrs saßen und nicht wussten, was sie tun sollten. Er knurrte laut, doch Bellen war ihm nicht möglich, da sein Kopf und sein Kiefer so fest im Rohr eingeklemmt waren, dass er seinen Mund kaum öffnen konnte. »Was sollen wir tun?«, fragte Debbie nervös, und alle schauten sich an, auf der Suche nach Waffen oder möglichen Auswegen. Pat behielt die Ruhe. Er blickte auf den Hund vor dem Gitter, leuchtete erneut mit seinem Feuerzeug in den Tunnel. Die Zeit wurde knapp, wenn sie überhaupt noch Zeit hatten. Sobald der Hund aus dem engen Tunnelbereich in ihren Bereich gelangen würde, wo ausreichend Platz war, wären sie verloren. »Sandra, gib mir bitte deine Zigaretten«, sagte er. »Wieso das? Warum?«, fragte sie und versuchte sich zu drücken. »Mach schon«, drängelte Alex. Sandra holte die

Zigaretten aus ihrer Hosentasche und warf sie Pat zu. »Alex, ich brauche ein Stück Stoff von deinem Sweatshirt«, sagte Pat. Alex zögerte nicht und zog sein Sweatshirt aus, warf es Pat zu. Er trug darunter sowieso ein dunkelblaues T-Shirt, sodass es ihm nichts ausmachte. Nur war sein kleiner Bauch jetzt nicht mehr so gut verborgen. Pat nahm das Sweatshirt, schnitt mit seinem kleinen Taschenmesser ein Stück Stoff heraus und fertigte daraus einen kleinen Beutel an. Er brach einige von Sandras Zigaretten auseinander und füllte den Beutel damit, den er anschließend mit einem Knoten verschloss. Alle verstanden, was er vorhatte. Dann zündete Pat den Beutel an, bis er leicht zu brennen begann. Er bewegte sich ein Stück weiter in den Tunnel und warf den brennenden Beutel auf den sich nähernden *Zwillingshund,* der in der Engstelle des Tunnels steckte und nicht ausweichen konnte. Der brennende Beutel traf den Hund über dem Kopf, wo alles trocken war. Die schwarzen Haare des Hundes entzündeten sich, und er fing Feuer. Er jaulte vor Schmerzen und Qualen und wurde panisch, wollte wieder zurück kriechen, konnte es aber nicht. Er verlor die Kontrolle, wurde ohnmächtig, das Gejaule verstummte langsam, er brannte lichterloh und der Qualm zog den

Tunnel hoch, so dass sich alle die Hand vor die Nase und den Mund halten mussten. Es roch eklig und sie mussten alle husten. Pat konnte in dem Lichtschein des fackelnden Hundes sehen, wie die Augen unter der gewaltigen Hitze des Feuers zerplatzten. Der *Zwillingshund* vor dem Gitter fletschte nicht mehr die Zähne. Er drehte durch, bellte, knurrte und versuchte wieder das Gitter aufzureißen, indem er sich darin verbiss. Doch Sandra konnte mit dem darum gewickelten Ärmel ihrer Bluse das Gitter geschlossen halten. Das Feuer im Tunnel wurde schwächer. Pat konnte den Hund noch leicht röcheln hören. Das Fell war weg, die Brandwunden so schwer, dass das Atmen des Hundes kürzer wurde, bis es endlich aufhörte. Einige Sekunden später hörte auch der Hund mit seinen aggressiven Versuchen auf, das Gitter zu öffnen. Er stand nur wütend schnaubend da und starrte Sandra an. Der *Zwillingshund* zeigte noch einmal seine Zähne, fletschte die Lefzen hoch und sein brutales, scharfes Gebiss war gut sichtbar. Er knirschte mit Druck die Zähne aufeinander, als würde er mit ihnen malen. Dann hörte er auf, schloss sein Maul, drehte sich um und lief bellend und in Eile davon. Sandra lockerte ihren Griff und atmete tief durch. Die schlechte Luft in der Kanalröhre, verursacht durch den verbrannten *Zwillingshund,* zwang sie jedoch sofort wieder zum Husten. Debbie nahm Pat dankbar in den Arm und drückte ihn unter Tränen. Alex klopfte auf Pats Bein und zeigte den Daumen nach oben. Pat gab Alex sein leicht zerschnittenes Sweatshirt zurück, das dieser dankbar annahm und geschickt über seinem Bauch drapierte. Er reichte Sandra die Metalldose mit den restlichen Zigaretten herüber. Sie öffnete kurz die Dose. »Sind ja noch welche drin«, sagte sie erleichtert. »Und was machen wir jetzt?«, fragte Sandra und steckte die Zigarettendose wieder in ihre Hosentasche.

Kapitel 7

»Hat jemand gesehen, in welche Richtung der Hund gelaufen ist?«, fragte Alex. »*Zwillingshund*«, fügte Pat hinzu. Sie schauten ihn verwundert an. »Ja, habt ihr das nicht gesehen? Sie haben alle einen roten Punkt über dem linken Augenlid«, erklärte Pat. Alex wollte nachfragen, aber Pat winkte ab. »Fünf«, sagte Sandra. »Also, ich glaube, es sind fünf«, fügte sie schulterzuckend hinzu. »Dann sind es jetzt nur noch vier«, sagte Debbie und deutete mit ihrem Kopf in die Richtung des verbrannten *Zwillingshundes*. »Drei«, sagte Alex. »Denkt an die Töle, die Sandra plattgemacht hat!« »Okay, Vorschlag«, sagte Alex. »Sandra, du kennst den Kletterbaum in der Nähe des Sportplatzes, wo wir als Kinder immer waren, oder?«, fragte er erwartungsvoll. Sandra nickte. »Der liegt genau in der Mitte. Wenn wir jetzt hier leise herausgehen und den Weg dorthin laufen, dann haben wir eine bessere Chance, gefunden zu werden oder vielleicht von da aus zum Auto zu gelangen.« Sandra schaute zu Debbie und Pat. »Sind wir hier nicht am sichersten?«, fragte Debbie. Pat stimmte nickend zu. Alex drehte sich zu den beiden um. »Ja, aber hier findet uns keiner. Selbst wenn der Förster irgendwann hier entlangfährt, schaut er nicht in dem Abflussrohr nach. Oben auf einem Baum könnten wir eher sehen, wenn er kommt, und auf uns aufmerksam machen.« »Förster?«, fragte Sandra mit hochgezogenen Augenbrauen. »Gibt es den noch? Der ist doch über achtzig Jahre alt. Wenn er denn noch lebt«, sagte sie spöttelnd. Alex verdrehte die Augen. »Ja, aber der hat eine Waffe. Wir haben nichts«, sagte er. Sandra überlegte kurz. »Bist du dir ganz sicher, dass wir das machen sollen? Sobald das Gitter auf ist, und einer ist draußen, ist es vorbei. Und der, der als Erstes draußen ist, ist auch der Erste, der dann draufgeht. Denk an Dad, sie haben ihm den Arm ausgerissen. Ich will nicht wissen, was die mit uns machen. Dad war stark, sehr stark. Und wir, wir sind schwach«, sagte sie und schaute in die ratlosen und ängstlichen Augen von Debbie und Pat. Alex hatte nicht zugehört. Er war in Gedanken versunken und überlegte sich, wie sie am besten und schnellsten ohne Verluste zum Auto kommen würden. »Alex, hast du gehört, was ich gesagt habe?«, fragte sie ihn auffordernd. »Ja, ich bin nicht taub«, sagte er. »Wir müssen trotzdem hier raus. Es bleibt keine andere Wahl. Auch wenn du Recht hast, dann … einer muss zuerst hinausgehen«, sagte er trocken und schaute sie an. Sandra wusste, dass er Recht hatte. Zuerst überlegte sie, ob sie die Frage stellen sollte, wer zuerst hinausgeht. Sie holte tief Luft. »Egal, was passiert, wir dürfen uns nicht trennen. Keine Alleingänge, immer zusammenbleiben. Nur so haben wir eine Chance«, sagte sie mahnend. Der Adrenalinspiegel stieg in ihr hoch. Sie machte das Gitter auf, kroch mit den Füßen zuerst aus dem Kanalrohr, stellte sich vorsichtig auf und schaute sich um. Sie war auf alles vorbereitet, den Schmerz, das Bellen, dass sich etwas auf sie stürzte. Aber es war nichts zu sehen. »Los, kommt«, sagte sie leise. Sie ging langsam auf den Schotterweg und schaute sich noch einmal um. Es war nichts zu sehen. Alex, Debbie und Pat folgten ihr vorsichtig. »Sieht gut aus«, sagte Alex und schaute sich auch um. »Los, kommt schon«, quengelte Pat, und die vier gingen den Schotterweg langsam und geräuschlos in Richtung des Kletterbaumes, von dem Alex erzählt hatte. Der Weg war gerade, und man konnte den Kletterbaum sogar schon in der Ferne erkennen. Der breite Weg war mit grobem Schotter ausgelegt, worin sich Fahrspuren abzeichneten. Alex schaute auf die Spuren und hoffte, dass ihnen wenigstens ein Förster im Auto oder ein Waldarbeiter, der Feierabend hatte, entgegenkam. Aber es war Samstag, und da würde wohl niemand von denen noch arbeiten. Debbie hielt Pat fest an sich gedrückt, Sandra ging in der Mitte, und Alex rechts außen. Sie schauten sich um. Der Wegesrand war durch dichte Sträucher und Gräser bedeckt, sodass sie nicht in den weitläufigen Wald hineinschauen konnten. Selbst wenn sie es gekonnt hätten, war der Wald an einigen Stellen so dicht, dass sie spätestens da nichts hätten erkennen können. Es war für Debbie wie ein Lottospiel. Entweder hatten sie Glück und würden den Baum erreichen oder sie würden ohne jede Schutzmöglichkeit gleich von einigen Hunden umzingelt sein. Dann wäre es vorbei. Immer, wenn sie ein Knirschen hörten, zuckten sie zusammen. Sie blieben stehen und schauten sich nervös in alle Richtungen um, bildeten einen Kreis. Sandra starrte ängstlich in eine kleine Lücke im Gebüsch am Wegesrand. Doch es war darin so dunkel, dass sie nichts Genaues erkennen konnte. Dann wurde das Knirschen und Knacken von kleinen Ästen, die auf dem Waldboden lagen, lauter. Sie begannen zu laufen. Erst langsam und dann immer schneller. Sandra schaute sich während des Laufens öfters um, konnte aber nichts erkennen. Nach einer sehr langen, geraden Strecke kam eine leichte Linkskurve. Dort, am Wegesrand auf der rechten Seite, stand der Kletterbaum – eine sehr alte, dicke, stämmige und wunderschöne deutsche Eiche. Der Stamm der Eiche hatte einen Durchmesser von mindestens vier Metern. Die festen und tragfähigen Äste waren in greifbarer Nähe, aber weit genug vom Boden entfernt, so dass kein Tier dort hinaufspringen konnte. Sie erreichten den Baum und stellten sich um den Stamm. Alex ging in die Knie, packte Pat an den

Hüften und half ihm hinauf. Pat ergriff einen Ast und kletterte vorsichtig ein Stück höher zu den nächsten beiden Ästen. Dort konnte er sich bequem hinsetzen und mit dem Rücken an den mächtigen Baumstamm lehnen. Alex half Sandra auf den Baum, dann seiner Mutter, und als letzter sprang er hinauf und hangelte sich ebenfalls durch das Geäst auf sichere Höhe. Jeder suchte sich einen äußerst bequemen und stabilen Ast. Debbie fühlte sich etwas unsicher beim Klettern durch das Geäst. Sie hatte dies seit mindestens 20 Jahren nicht mehr getan. »Schaut mal, ob ihr etwas seht«, sagte Alex. »Der Wald ist einfach zu dicht«, sagte Pat und versuchte, in die Richtung zu schauen, wo sich wahrscheinlich der Sportplatz und somit ihr Auto befand. Um den Sportplatz und ihr Auto zu sehen, müssten sie jedoch bis in den Wipfel klettern, und dafür waren die Äste zu dünn. Daher blieben sie vorerst an ihrem sicheren Ort und sicherten die Lage. Von den Hunden war nichts zu sehen. »Nichts zu sehen. Vielleicht hätten wir doch weitergehen sollen und die Köter sind schon längst weg«, sagte Sandra. Doch wie aus dem Nichts kamen zwei Hunde aus dem Dickicht gesprungen und streiften, nach oben schauend, um den Baumstamm herum. »Na, so viel zu deiner Theorie«, sagte Alex sarkastisch. Einer der *Zwillingshunde* zeigte Sandra wieder geräuschlos seine gefletschten Zähne. Sie erschauderte, als sie ihm in die Augen sah. »Die können doch nicht klettern, oder?«, fragte Pat ängstlich. »Doch, aber nicht auf den Baum«, sagte Alex und korrigierte sich sofort. »Hoffe ich jedenfalls.« Keiner der *Zwillingshunde* machte Anstalten, den Baum hochzuklettern. Einer von ihnen streckte sich am Stamm des Baumes hoch, schaute nach oben und testete mit seinen Pfoten und scharfen Krallen kurz den Baumstamm ab. Dann gab er den Gedanken, den er wohl gehabt hatte, auf, legte sich an den Stamm, gähnte kurz und hielt Wache. Der andere stellte sich auf den Schotterweg, jaulte etwas in den dichten Wald hinein und drehte sich dann um, um den liegenden Zwilling anzuknurren. Der, gelangweilt, stand auf, und beide liefen langsam zurück in das Dickicht. »Sind die jetzt weg?«, fragte Sandra und reckte sich nach oben, um über das Dickicht zu schauen. Dabei verlor sie das Gleichgewicht, ihre Beine verhakten sich im Ast und sie fiel mit dem Oberkörper nach unten, baumelte einige Meter über dem Schotterweg. Pat schrie auf, als er das sah, und Alex kletterte sofort zu ihr. Es dauerte nicht einmal ein paar Sekunden, und die beiden Hunde stürzten sich aus dem

Dickicht zurück auf den Schotterweg, kreisten unter der hilflos baumelnden Sandra herum. Einer von ihnen nahm Anlauf, stieß sich mit seinen Hinterläufen vom Rücken seines Artgenossen ab und sprang in ihre Richtung. Er verfehlte im Flug nur um Zentimeter Sandras Kopf, erwischte jedoch eine lange Haarsträhne und riss sie von ihrem Kopf. Sie schrie und versuchte, sich mit ihrem Oberkörper nach oben zu ziehen, schaffte es jedoch nicht. Der *Zwillingshund* nahm wieder Anlauf und sprang erneut über den Rücken des anderen Zwillings. Bevor er Sandra erreichen konnte, griff Alex nach unten, packte sie am Schulterträger ihres Tops und zog sie nach oben. Der Hund biss ins Leere. Sie schrie und atmete auf, umarmte dankbar ihren Bruder. Dann schaute sie auf den Halsausschnitt ihres Tops. »Wäre das jetzt kein Markentop gewesen, wäre es wohl gerissen, und ich würde nur noch im BH hier herumhängen«, scherzte sie und versuchte, sich mit etwas Humor zu beruhigen. Sie lachte leise, obwohl ihr nicht wirklich zum Lachen zumute war. Beide *Zwillingshunde* schnaubten vor Wut unterhalb des Baumes. Sie fletschten die Zähne, dieses Mal in Richtung von Pat und verschwanden wieder im dichten Wald. Sandra suchte sich eine andere sichere Position im dichten

Geäst des Baumes und lehnte sich erleichtert zurück. Alle hielten weiter Ausschau nach den *Zwillingshunden*. Es war nichts mehr zu sehen. »Was machen wir jetzt?«, fragte Debbie. »Nichts, wir warten einfach nur«, sagte Alex und schaute die anderen an. »Ich habe Durst«, jammerte Pat. »Nicht jetzt, Kleiner«, sagte Alex. »Versuch nicht daran zu denken. Ich arbeite an einer Lösung«, sagte er. »Wisst ihr, dass wir nur wegen Dad noch am Leben sind«, sagte Pat. Sie schauten ihn alle an. »Wenn er nicht der Letzte auf der Uferseite gewesen wäre, dann wären uns alle Hunde gefolgt, und dann hätten wir keine Chance gehabt. Überhaupt, wenn uns alle Hunde auf der Lichtung angegriffen hätten, dann wäre es vorbei gewesen«, sagte er nachdenklich. »Schatz, das weißt du doch nicht. Dein Vater …« Debbie hörte auf zu sprechen und begann zu weinen. Keiner sagte etwas. Sie schauten ihre Mutter nur an, spendeten tröstende Blicke und unterdrückten ihre eigenen Tränen. Debbie beruhigte sich allmählich, schniefte noch ein wenig, wischte sich die Tränen weg und versuchte, Tapferkeit und Entschlossenheit zu zeigen. Es würde noch genug Zeit für Trauer geben, aber zuerst musste sie und ihre Familie in Sicherheit sein. »Weißt du, irgendwie erinnert mich das an diesen

Bernhardiner in dem Film, der Tollwut hat und die Frau im Auto mit ihrem Sohn angreift«, sagte sie und schaute Sandra und Alex an. Beide zuckten mit den Schultern. »*Cujo* meinst du«, sagte Pat. Debbie schaute ihren kleinen Sohn an. »Du kennst den Film? Woher? Der ist doch für Erwachsene!« »Siehst du, Mom, genau das meine ich. Der Kleine sieht viel zu viele schlimme Sachen, die überhaupt nicht für sein Alter geeignet sind. Das müsst ihr im Auge behalten«, sagte Alex und nickte in Richtung seiner Mutter. Debbie schaute Pat fragend an. Sie wollte etwas sagen, aber außer einer Standpauke fiel ihr nichts ein und das wäre jetzt unpassend. »Mom, sag dazu mal etwas«, forderte Alex sie auf. »Nicht jetzt, erst wenn wir zu Hause sind«, sagte sie. Pat schaute seine Familie an. »Wisst ihr, niemand kann sagen, ob ich die Filme jemals sehen kann, da niemand weiß, ob ich jemals so alt werde!« Keiner sagte etwas. Pat hatte Recht. Er war krank, zurzeit zwar gesund, aber niemand wusste, ob es ihm nicht bald schlechter gehen würde. »Außerdem haben die *Zwillingshunde* keine Tollwut. Sie sind einfach so, wie sie sind, und das ist definitiv nicht natürlich«, fügte Pat hinzu. Sandra wollte etwas fragen, aber Pat winkte ab. Er hatte Recht. Das alles war nicht normal. Keiner sagte mehr etwas, und es kehrte Ruhe ein. Sie lehnten sich nach einer Weile entspannt zurück, ruhten sich mit offenen Augen aus, dachten über Fluchtmöglichkeiten nach oder beobachteten, wie die Sonne langsam über den Himmel wanderte. Die Zeit verging, und allmählich sahen sie, dass die Sonne bald untergehen würde.

Kapitel 8

»Leute, wir können hier nicht übernachten«, sagte Alex und durchbrach das stundenlange Schweigen. »Wir müssen aufbrechen und versuchen, zum Auto zu gelangen.« Sie schauten sich um, seit Stunden war kein Hund mehr aufgetaucht. Alex war der Erste, der vorsichtig seinen Fuß auf den Boden setzte, nachdem er vom Baum herabgeklettert war. Es geschah nichts. Dann folgten ihm Sandra und Debbie. Gemeinsam halfen sie

Pat, der sich an einem Ast nach unten ließ. Gerade als sie aufbrechen wollten, sprangen drei der *Zwillingshunde* aus dem Gebüsch und stürzten sich voller Wut und Hass auf sie. Zwei von ihnen griffen Debbies Arme, einer von links und einer von rechts, und zerrten in entgegengesetzte Richtungen, als wollten sie sie zerreißen. Der dritte *Zwillingshund* stand mit gefletschten Zähnen und einem kurzen Zwinkern vor Sandra. Er nahm Anlauf und sprang auf sie zu. Sein Maul war weit aufgerissen, seine kräftigen Reißzähne glänzten vor Speichel. Er erreichte ihren Hals, und seine Zähne bohrten sich in die zarte Haut ihres Halses. Die Hauptschlagader wurde durchtrennt. Sie fiel auf den Rücken, der Hund auf sie und er verstärkte seinen Biss wie ein Schraubstock. Sie versuchte zu schreien, doch sie konnte es nicht. Dann erwachte sie, erschrocken und verwirrt. In ihrer Panik drehte sie sich ungeschickt im dichten Geäst des Baumes und fiel auf den Boden. Sie landete neben dem Schotterweg im dichten Gras und aufgewühltem Dreck. Alle wurden aus ihrem leichten Schlaf gerissen und sahen, was passiert war. Debbie schrie als Erste. Sandra lag auf dem Rücken, drehte sich auf den Bauch und schaute flachliegend nach vorne in die blutroten Augen des schwarzen Hundes, der sich vor ihr aufgerichtet hatte. Sein Maul war geöffnet und es sah so aus, als würde er hecheln. Er gähnte kurz, streckte seine Zunge heraus und leckte ihr übers Gesicht, dann hechelte er freudig weiter. Sie konnte vor Angst zitternd aus dem Augenwinkel sehen, wie er mit seiner Rute wedelte. Er leckte weiter über ihr Gesicht, und sie prustete vor sich hin, um Luft zu bekommen und wischte ungläubig den Hundespeichel von ihrem Gesicht. »Was ist denn jetzt los?« Sandras Stimme klang verwirrt. Alle schauten sie erstaunt an. Gerade als sich bei allen der Adrenalinspiegel wieder beruhigte und Sandra sich entspannte unter den freundlichen Annäherungsversuchen des *Zwillingshundes*, rief Alex von oben panisch: »Pass auf, hinter dir!« Sandra lag immer noch auf dem Rücken und schaute in die Richtung, die Alex anzeigte. Einige Meter entfernt sah sie einen weiteren *Zwillingshund*. Es war derjenige, der seine Zähne und Lefzen wie ein Grinsen fletschen konnte. Er leckte sich genüsslich über die Lefzen und näherte sich ihr langsam. Dabei machte er eine Art Drohgebärde, die in zorniges Bellen überging. Der Hund vor Sandra hörte auf, sie zu lecken, und bellte zurück. Er ging um Sandra herum und stellte sich schützend vor ihre Beine. Sandra drehte sich wieder auf den Bauch, zog ihre Beine an und begab sich hinter den Hund, der offensichtlich versuchte, sie zu verteidigen, in Deckung. »Hoch jetzt, schnell«, zischte Alex sie an. Sandra schaute nach oben, wo Alex bereits auf sie wartete, und seine Hand ausgestreckt hatte, um sie hochzuziehen. Vorsichtig bewegte sie sich in seine Richtung. Die beiden *Zwillingshunde* standen sich gegenüber, knurrend und zähnefletschend. Sandra ergriff die ausgestreckte Hand von Alex und er zog sie schnell nach oben, genau in dem Moment, als die beiden Hunde aufeinander losgingen. Sie verfingen sich im Gerangel und stürzten in das dichte Gebüsch, sodass sie das Geschehen nicht sehen konnten. Nur das laute, aggressive Gebell, das Knurren und schließlich ein schmerzhaftes Aufheulen war zu hören. Dann kehrte Stille ein. Einer der *Zwillingshunde,* blutend und taumelnd, kam aus dem Gebüsch und bewegte sich auf den Baumstamm zu. Sein Gang war unsicher. Plötzlich sprang der zweite *Zwillingshund* aus dem Dickicht und attackierte seinen Artgenossen. Er biss ihm in die Kehle und ließ nicht los, bis der andere Hund sich nicht mehr bewegte. Dann riss er ihm mit einem kräftigen Ruck ein Stück der Luftröhre aus dem Hals. Der unterlegene Hund war tot. Sandra schaute verunsichert nach unten und fragte sich, welcher *Zwillingshund* jetzt wen getötet hatte. Sie war sich nicht sicher und blickte zu Pat, der sie genauso fragend anschaute. Als sie sich wieder an einem Ast nach unten hangeln wollte, weil sie davon ausging, dass der freundlichere Zwilling gesiegt hatte, sah sie plötzlich das Grinsen des anderen *Zwillingshundes*. Er starrte sie erneut mit gefletschten Zähnen an, knurrte aber weiterhin leise. Dann näherte er sich dem toten *Zwillingshund,* biss ihm in das unversehrte Ohr und riss es mit einer gewaltigen Wucht ab, bevor er im Gebüsch verschwand. Sandra kletterte wieder auf ihren Platz im Baum. »Von Grund auf böse«, kommentierte Pat schaudernd. »Er hat seinen guten Zwilling getötet«, fügte Pat hinzu. Sandra überlegte. »Meinst du?« »Ich vermute nur, ich kann es nicht genau sagen. Vielleicht waren es zu Beginn noch mehr, und sie haben alle ihren guten Zwilling getötet. Ist so eine Idee.« Alex holte tief Luft. »Leute, wir müssen hier weg. Ich habe den Überblick verloren, wie viele es jetzt noch von denen gibt. Vielleicht ist das unsere Chance.« Debbie zögerte und schaute alle nacheinander an. »Mom, wir können hier nicht übernachten. Es ist jetzt später Nachmittag. Noch ein paar Stunden, und dann wird es dunkel. Dann sehen wir nichts mehr.

Außerdem, wir haben Durst, jeder muss mal. Lass es uns einfach versuchen«, sagte Alex, ungeduldig. Die anderen zögerten weiter. Alex konnte nicht länger warten. »Ach, Scheiß drauf, ich kann nicht mehr. Mir platzt die Blase!« Er hangelte sich nach unten, sprang auf den Schotterweg. Ohne nach links und rechts zu schauen, ging er auf das Gebüsch zu, stellte sich breitbeinig hin, zog seine Trainingshose ein Stückchen nach unten und begann mit einem kräftigen Druck zu pinkeln. Man konnte seine Erleichterung in einem entspannten Ausatmen hören. Sandra sprang auch herunter. Sie ging hinter den Baum und erleichterte sich ebenfalls. Alex und Sandra hielten Wache. Debbie sprang herunter und half Pat nach unten. Sandra war fertig, und Debbie ging hinter den Baum. Alex und Sandra hielten Ausschau, aber es war weit und breit keine Gefahr zu sehen. Kein Knurren, kein Atmen, kein verdächtiges Geräusch – einfach nichts. »Dahinten« zeigte Alex. »Den kleinen Weg müssen wir hoch, dann sind wir am Sportplatz.« Er drehte sich zu den anderen. »Pat, du hast den Autoschlüssel noch, oder?«, fragte er besorgt. Pat griff in seine Hosentasche. »Ja, alles da.« »Okay, es muss schnell gehen. Wir müssen jetzt laufen. Sandra, du voran, dann Mom, Pat, und ich am Schluss.« Alle nickten zustimmend. »Leise, wenn es geht. Gleichmäßig atmen«, forderte Alex sie auf. »So viel wie heute bist du noch nie gelaufen«, kicherte Sandra für einen kurzen Moment. Alex schaute sie böse an. »Ich bin froh, dass ich dich als Schwester habe«, sagte er lächelnd. »Auf geht's«, sagte sie und lief los, gefolgt von Debbie, Pat und Alex. Alex drehte sich während des Laufens öfter um, um zu sehen, ob ihnen etwas folgte. In der Ferne konnten sie sehen, wie die Sonne langsam schwächer wurde. Es war schon später Nachmittag. Sie mussten es vor der Dunkelheit schaffen, sonst hätten sie keine Chance mehr. Sie liefen den Schotterweg ein Stück weiter, um dann rechts in einen kleinen Trampelpfad abzubiegen. Links neben dem Trampelpfad war ein Überlaufbecken von fast fünfzehn Metern Durchmesser, gefüllt mit dreckigem Wasser und Algen. Um den Überlauf herum lagen Wackersteine und dicke Felsen. Gerade als sie auf den Trampelpfad einbogen, sprang einer der *Zwillingshunde* aus dem Gebüsch und stürzte sich auf Pat. Sandra schrie auf, sprang mit voller Wucht gegen den *Zwillingshund* und stürzte mit ihm in das Überlaufbecken. Das Becken war sehr tief, sie tauchten unter. Unter Wasser löste sie sich von dem Hund, trat ihn weg und tauchte nach oben, schnappte mit ihrem von Algen bedeckten Gesicht nach Luft. Der Hund tauchte ein paar Meter weiter von ihr auf, orientierte sich und paddelte mit Schnauben auf sie zu. Sandra war drei Meter vom rettenden Ufer und den Felsen entfernt, die den Trampelpfad markierten. »Lauft!«, schrie sie den anderen entgegen, die am Ufer standen und auf sie warteten. »Ich schaffe das selbst!«, brüllte sie. Ihre Familie schaute sich an und begriff, dass sie die Chance nutzen sollten, da einer der *Zwillingshunde* noch im Wasser gefangen war. Sie liefen zögernd los, nachdem sie sich vergewissert hatten, dass Sandra nicht weit vom Ufer entfernt war. Sandra erreichte die Felsen und sah, wie ihre Familie den Trampelpfad entlanglief. Sie erinnerte sich daran, was sie noch vor ein paar Stunden gesagt hatte: Keine Alleingänge; immer zusammenbleiben. Und jetzt war sie allein. Sie hatte die anderen weggeschickt. Leichte Panik machte sich in ihr breit. Wenn jetzt ein weiterer *Zwillingshund* auftauchen würde, wäre es um sie geschehen. Sie versuchte hastig die Felsen hinaufzuklettern, als der *Zwillingshund* sie erreichte und sich abermals in ihrer Stiefelspitze verbiss. Er versuchte sie wieder mit wildem Schütteln in das Wasser zu zerren. Sandra rüttelte mit ihrem Bein, versuchte gegen den Hund zu treten. Sie drehte sich leicht herum, so dass sie in Richtung des Hundes schaute, legte sich auf die mit Moos bewachsenen Felsen, nahm ihr freies Bein und trat mit Wucht in das Gesicht des *Zwillingshundes*: einmal, zweimal. Der *Zwillingshund* ließ knurrend los, ging kurz unter Wasser. Sie drehte sich wieder um und kletterte die letzten dicken Steine hoch, erreichte auf allen vieren kriechend den Trampelpfad. Völlig durchnässt stellte sie sich auf, schaute in das Überlaufbecken. Der *Zwillingshund* schaute zu ihr hoch, orientierte sich abermals neu und sah, dass am anderen Ende des Beckens keine Felsen waren, sondern er ebenerdig wieder auf das Land klettern konnte. Er paddelte hastig darauf zu. Sandra sah das, schaute den Trampelpfad zu ihrer Familie hoch, bekämpfte ihre Schrecksekunden und lief los. Das Wasser tropfte von ihren Haaren ab. Sie schaute nach rechts und links. Hier war das Gebüsch nicht mehr allzu dicht auf beiden Seiten. Es gab lediglich hohe Bäume und Tannen. Der Boden war mit abgebrochenen Ästen und Nadeln übersät. Dadurch konnten sie gut erkennen, dass auf diesem etwa achthundert Meter langen Stück keine unmittelbare Gefahr lauerte. Zudem war hinter ihr noch nichts zu erkennen. Sie lief, wurde aber immer schwächer und keuchte. Ihre langen, nassen Haare fielen ihr in den offenen Mund, sodass sie nach Luft schnappte und sich verschluckte. Sie hielt kurz inne, um eine Haarsträhne, die ihr im Hals steckengeblieben war, herauszuziehen. Ängstlich schaute sie sich um, in Erwartung, dass der Hund bereits hinter ihr sei. Doch dort war noch nichts zu sehen. Sie setzte ihren Lauf fort, ihr Adrenalinspiegel stieg an, bis sie schließlich das Ende des Weges erreichte und am Sportplatz ankam. Am Ende des Trampelpfades erwartete ihre Familie sie. Debbie nahm die keuchende Sandra in den Arm, während Alex ihr nur auf die Schulter klopfte. »Du bist nass, und man kann deine Nippel sehen«, neckte er sie. Sie verdrehte nur die Augen. »Danke, Bruderherz. Sehr geistreich. Der Köter wird gleich aus dem Wasser kommen. Er ist sicherlich mächtig angepisst. Dann überlasse ich dir gerne den Vortritt«, sagte sie und versuchte mit beiden Händen, ihre Haare gegenläufig zu drehen, um das Wasser herauszupressen. Das restliche Wasser platschte auf die Sportschuhe von Alex. Er lächelte nur. Sie befanden sich nun am hinteren Ende des Fußballplatzes. Dahinter stand die Grillhütte, und noch weiter hinten war ihr Auto. Es war eine freie Fläche, die es ihnen ermöglichte, Gefahren frühzeitig zu erkennen, jedoch gab es auch keine geeigneten Versteckmöglichkeiten, falls es zu einem Konflikt käme. Sie hielten an, um ihre Kräfte zu sammeln. »Hier ist nichts zu sehen, sieht sicher aus«, bemerkte Alex. Als sie weitergehen wollten, hörten sie im Hintergrund ein Geräusch. Sie erschraken und drehten sich um. Aus dem gegenüberliegenden Gebüsch kam der alte Förster über einen Trampelpfad aus dem Wald. Er hatte seine Schrotflinte über der Schulter hängen und kam langsam, pfeifend und gemütlich auf sie zu. Sandra schaute Alex an, und beide überlegten, ob sie den Förster ansprechen sollten, um ihm mitzuteilen, dass sie sich in großer Gefahr befanden.

Kapitel 9

»Mom, lauf mit Pat zum Auto!« Pat griff in seine Hosentasche, um sicherzustellen, dass der Autoschlüssel noch da war. Das war er. Beide nickten und gingen in schnellem Tempo an dem Sportplatz vorbei in Richtung Grillhütte. Dahinter, etwa zwanzig Meter entfernt, stand das sichere Auto. Sandra und Alex gingen ein paar Schritte auf den Förster zu, um ihn zu warnen. Plötzlich, aus dem Gebüsch hinter dem Förster, sprang ein *Zwillingshund* mit einem gewaltigen Satz heraus. Alex und Sandra schrien vor Entsetzen, doch der Förster hatte keine Chance. Der *Zwillingshund* griff ihn an, stürzte ihn zu Boden und sein Angriff auf die Kehle des Försters war verheerend. Blut spritzte aus der Halsschlagader. Der Hund geriet in einen waren Blutrausch und verbiss sich in seinem Hals, zerrte, biss und zerrte weiter, bis der Kopf vom Rumpf getrennt war. Er rollte wie ein Fußball in die entgegengesetzte Richtung von Alex und Sandra. Der *Zwillingshund* sprang dem Kopf hinterher, als wollte er damit spielen. Debbie und Pat, die aus der Entfernung zusahen, erstarrten vor Schreck. Pat schrie auf, als er den zweiten *Zwillingshund* durch den Trampelpfad, den sie zum Sportplatz genommen hatten, auf sich und seine Mutter zurennen sah. Alex schaute zu den beiden, dann wieder auf den noch zuckenden Körper des Försters. »Lauft in die Grillhütte«, schrie er zu Debbie und Pat. »Du auch«, sagte er zu der geschockten Sandra, die auf den Blut spuckenden Halsstumpf des Försters starrte. Sie schaute ihn an, nickte, drehte sich um und lief los. Alex ging zu dem Förster und nahm die Schrotflinte. Der Hund, der dem Kopf hinterherjagte, hatte den rollenden Kopf erreicht und sich daran festgebissen. Er sah Alex, ließ den Kopf fallen, knurrte wild und rannte in großen Sprüngen auf ihn zu. Alex hatte die Schrotflinte angelegt, zielte auf den Hund. Er hatte nur eine Chance, zog den Abzug durch. Ein lauter Knall und die Schrotkugeln schossen durch die Luft, trafen den *Zwillingshund* im Sprung und rissen ihm den Kopf weg. Der Rumpf flog noch durch die Luft und landete im Staub des Sportplatzes. Alex wurde durch den Rückstoß nach hinten geschleudert. Er landete auf seinem Rücken, stand schnell wieder auf und lief den anderen zur Grillhütte nach. Der verbleibende *Zwillingshund* hatte die anderen fast erreicht. Das Wasser tropfte von seinem schwarzen Fell, während er lief. Alex verfolgte ihn. Sandra überholte mit großen Schritten Debbie und Pat, stürmte die beiden Stufen zur Grillhütte hoch und versuchte, die Tür zu öffnen. Sie war abgeschlossen. Sandra griff über dem Eingang auf einen Balken, wo normalerweise ein Schlüssel lag, fand ihn, steckte ihn ins Schloss und öffnete die Tür. Sie hielt die Tür auf, zog den Schlüssel ab, und Pat rannte hinein. Debbie wollte gerade die beiden Stufen hinaufstürmen, als der *Zwillingshund* sie am Bein erwischte. Sie fiel auf den Bauch, direkt vor der Tür. Sandra schrie auf. Der *Zwillingshund* zog sie nach hinten und ließ ihr Bein nicht los. Seine riesigen Zähne drangen bis auf den Knochen vor. Debbie schrie vor Schmerz und Angst. Der *Zwillingshund* bemerkte nicht, dass Alex von hinten auf ihn zulief. Er drehte die Schrotflinte während des Laufens um, packte sie am Lauf und benutzte sie wie eine Keule. Mit einem kräftigen Schlag traf er den Schädel des *Zwillingshundes* von der Seite. Dieser ließ Debbie reflexartig los und wurde ein Stück weggeschleudert. Er war etwas benommen, schüttelte verwirrt den Kopf und dann wütend. Alex ergriff die Hand seiner Mutter und zog sie die zwei Stufen hoch über die kurze Veranda bis zur Eingangstüre, wo Sandra und Pat bereits warteten. Sandra nahm die andere Hand ihrer Mutter, und zusammen mit Alex schleiften sie Debbie in die Hütte. Sandra verschloss schnell die Tür, als der *Zwillingshund* wieder auf sie zulief. Sie hörte, wie er mit einem lauten Knall einmal gegen die Eingangstüre lief. Dann wurde es ruhig. Pat sah den Schlüssel der Grillhütte auf dem Boden liegen. Seine Schwester hatte ihn wohl in ihrer Panik nicht fest genug in der Hand gehalten, als sie die Tür ins Schloss fallen ließ. Er hob ihn auf, steckte ihn ins Schloss, drehte ihn zu hastig um und brach ihn ab. Dann trat er einen Schritt zurück und begann zu weinen. »Verzeiht, verzeiht«, rief er und schaute auf den abgebrochenen Schlüssel. Alex streichelte kurz über seinen Kopf. »Scheiß drauf, alles gut«, sagte er. Die Hütte war sehr dunkel und nicht besonders groß. Es gab vier Tische mit Bänken für Grillfeiern und das war alles. Das einzige Licht fiel durch ein Fenster herein. Sie gingen zu dem Fenster und sahen, wie der *Zwillingshund* draußen herumlief und nach einer Möglichkeit suchte, in die Hütte zu gelangen. Als er die vier Personen hinter der Glasscheibe bemerkte, fletschte er die Zähne und nahm Anlauf. Debbie schrie auf, als sie das sah. Pat versteckte sich sofort hinter einem aus Baumscheiben gefertigten Tisch. Alex reagierte instinktiv, legte die Schrotflinte an und schoss. Das Fenster zerbarst, aber der *Zwillingshund* hatte seinen Angriff abgebrochen und war zur Seite gesprungen, sodass er nicht getroffen wurde. Sandra eilte zum zerbrochenen Fenster, griff durch die Scherben, die noch im Fensterrahmen steckten, nach draußen und klappte die beiden Fensterläden zu. Dadurch wurde es schlagartig dunkel in der Hütte, aber sie waren vorerst in Sicherheit. Pat kam wieder aus seinem Versteck hervor, während Debbie sich übergeben musste –

die Ereignisse waren überwältigend für sie. Alex legte das Gewehr beiseite. »Verdammt, das war die letzte Kugel«, sagte er und ging zu seiner Mutter. »Mom, alles in Ordnung?«, fragte er und inspizierte ihr Bein. Die Wunden waren tief und bluteten stark. »Verdammt, Mom, wir müssen dringend zu einem Arzt«, sagte er besorgt. Er zog Pat sein Halstuch aus und band es vorübergehend fest um Debbies Oberschenkel. Sie schrie vor Schmerzen auf. Pat lief sofort zu seiner Mutter und nahm sie in den Arm. Alex zog sein Sweatshirt aus und wickelte es um Debbies Bein. Sandra blieb am Fenster stehen und starrte ins Leere. »Wir stecken in der Klemme. Hier drinnen sind wir völlig blind. Wir können nichts sehen«, bemerkte sie besorgt. Alex schaute zu ihr hinüber, stand auf und ging zu Sandra, nahm sie in den Arm. Sie legte ihren Kopf an seine Schulter. »Wir schaffen das schon. Erstmal müssen wir einen klaren Kopf behalten«, sagte er beruhigend und strich ihr über die nassen Haare. Dabei spürte er etwas an ihrem Hals, hob vorsichtig eine Haarsträhne mit Zeige- und Mittelfinger hoch. »Du hast da etwas«, bemerkte er und berührte vorsichtig ihren Hals. Sandra löste sich aus seiner Umarmung und verdrehte die Augen. »Klar, wie in jedem schlechten Film, bestimmt ein Blutegel«, scherzte sie und berührte ihren Hals. »Ja, es fühlte sich an wie ein Blutegel.« Sie griff in ihre Achselhöhle und fand einen weiteren Blutegel unter ihrem Hemd. Dann entdeckte sie einen an ihrem Rücken, einen an ihrem Bein, wo die Hose zerrissen war. Sie blieb ruhig, während Pat besorgt hinüberschaute. Sie bemerkte seinen Blick. »Keine Sorge, das ist nicht so schlimm«, sagte sie und wandte sich von den anderen ab, um sich auszuziehen. Alex schaute leicht beschämt weg, dann stellte er sich hinter sie und untersuchte ihren Rücken bis zu den weißen Boxershorts, die sie trug. »Sag mal, ist das meine Unterhose?«, scherzte er. Sandra lachte. »Ja, aber sie ist gewaschen!« Er fand zwei weitere saugende Blutegel und zog sie vorsichtig ab, warf sie in die hintere Ecke der Hütte. Auch den Blutegel an ihrem Hals entfernte er mit einem leisen Schmatzen. Auf dem Arm und in der Achselhöhle zog sich Sandra die Blutegel selbst ab. Sie biss die Zähne zusammen, denn das Abziehen der Blutegel war schmerzvoll. »Sie sind alle weg«, sagte Alex. Sandra atmete auf und griff nach ihren nassen Sachen, die sie sorgfältig auf eine der Bänke in der Grillhütte gelegt hatte. Alex hielt ihre Hand fest. »Lass uns deine Sachen etwas auseinanderlegen, damit sie trocknen können.«

Er zog sein T-Shirt aus und reichte es Sandra. Sie zog es an, drehte sich dann um und lächelte, weil das T-Shirt an ihr so groß war. Wenn sie jetzt noch einen Gürtel hätte, könnte sie es als Kleid tragen. Sie umarmte ihn und gab ihm einen Kuss auf die Wange. »Danke«, sagte sie und hatte fast Tränen in den Augen. »Nicht weinen. Das bringt nichts. Wir werden hier rauskommen, das verspreche ich«, sagte Alex und fühlte sich wie ein Held. Aber insgeheim musste er zugeben, dass er im Moment keine Idee hatte, wie sie zum Auto gelangen konnten, besonders jetzt, wo Debbie nicht mehr richtig laufen konnte. Sandra nickte nur und setzte sich auf eine der Bänke. Debbie saß immer noch auf dem Boden, an die Wand gelehnt, und Pat hielt sie im Arm. Er versuchte, obwohl die Hütte wenig Licht bot, nicht auf die Wunde am Bein seiner Mutter zu schauen. Bevor Alex Debbies Bein verbunden hatte, konnte Pat etwas Gelbliches hervorschimmern sehen, und er wusste, dass es der Knochen ihres Beins war. Pat kämpfte gegen den Würgereiz an. Alex wandte sich von Sandra ab und ging zu seiner Mutter. Er kniete sich vor ihr verletztes, immer noch stark blutendes Bein. »Verdammt, Mom, das sieht echt schlimm aus«, sagte er und wickelte das Sweatshirt von Debbies Bein ab. Mit

Pats Taschenmesser zerschnitt er es in gleichmäßige Streifen und wickelte sie fest um das Bein seiner Mutter. Debbie schrie vor Schmerzen auf, biss aber die Zähne zusammen. Alex stand wieder auf und streichelte sich beruhigend über seinen behaarten nackten Bauch. »Wir müssen hier raus!« »Lass uns bitte erst kurz zur Ruhe kommen und überlegen. Verdammt, meine letzten Zigaretten sind komplett durchnässt«, sagte Sandra. Alex musste kurz lachen, als er den Schmollmund sah, den seine Schwester wegen ihrer Zigaretten zog. Er nickte dann zustimmend und ging zum Fenster. Er schaute durch die Spalten der Fensterläden nach draußen, ob er etwas erkennen konnte. Es war vor dem Fenster alles ruhig. Alex, schaute wieder zu Sandra, die nur in seinem T-Shirt und mit einer weißen Boxershorts bekleidet dort stand und auf einem Fingernagel leicht knabberte. »Weißt du, vielleicht bin ich eifersüchtig. Aber nicht auf dich, sondern auf die anderen, die mit dir ihre Freizeit verbringen können. Ich würde auch gerne mehr Zeit mit dir verbringen und was unternehmen. Einfach mit dir Spaß haben. So wie früher«, fuhr Alex fort. Sandra schaute ihn verwundert an und ging zu ihm ans Fenster. »Dann sag das doch einfach. Ich mag es nicht, zwischen den Zeilen zu lesen.« Sie lächelte und nahm ihn in den Arm. Er spürte, wie sie leicht zitterte. Langsam wurde ihr kalt, und sie hatten nichts, womit sie sich hätte abtrocknen können. In der Hütte war es sehr kalt. »Wir müssen sehen, dass wir hier herauskommen. Durch die Tür kommen wir nicht mehr«, sagte Alex und spürte an seiner Schulter, dass sie nickte. Sie ließ von der Umarmung ab, ging zu ihren nassen Sachen. Sandra wollte die Hose anziehen, warf sie dann aber wieder auf den Tisch. Sie zog ihre Stiefel an und stellte sich vor Pat und Debbie. »Okay, wir werden jetzt durch das Fenster nach draußen klettern. Mit etwas Glück ist nur noch der eine Hund übrig. Wir sind zu viert. Wenn wir zusammenhalten, dann schaffen wir das auch.« Alex stellte sich neben sie. »Ich gehe als Erster«, sagte er und schwang die Schrotflinte ohne Munition auf seine Schulter. »Nein, ich gehe zuerst. Falls er auf mich losgeht, dann kommst du und haust ihm das Gewehr in den Nacken. Du bist sowieso stärker als ich. Dafür kann ich schneller laufen!« Sandra klopfte Alex auf die Schulter und ging zum Fenster. Sie schaute noch einmal durch die Spalten des Fensterladens. Dann atmete sie ein paar Mal tief durch.

Kapitel 10

»Was würde ich jetzt für eine Zigarette geben!«, seufzte sie. »Pat, gib mir bitte den Autoschlüssel«, sagte sie. Pat stand auf, half seiner Mutter aufzustehen, und beide stellten sich zu den anderen ans Fenster. Er übergab Sandra den Autoschlüssel. »Sollte ich nicht vielleicht zuerst …«, begann Alex, doch Sandra wies auf seinen Bauch und lächelte. »Nochmal, du bist stärker, ich bin schneller. Im Notfall kann ich auch das Auto holen.« Ihr fiel ein, dass sie noch nie in ihrem Leben Auto gefahren war. Ihr Vater hatte immer versprochen, es ihr beizubringen, aber sie waren nie dazu gekommen. Diesen Gedanken behielt sie jetzt lieber für sich. Immerhin konnte es nicht so schwierig sein. Sandra griff erneut durch die Glasscherben, öffnete die Fensterläden, trat die verbliebenen Glassplitter nach außen. Dann sprang sie aus dem Fenster und schaute sich nach rechts und links um. Es schien keine Gefahr zu geben. Pat wurde von Alex durch das Fenster gehoben und sprang dann selbst hinterher. Anschließend half Alex seiner Mutter. Das Auto stand nicht weit entfernt. Sandra hatte den Schlüssel und lief los, gefolgt von Pat. Alex unterstützte seine Mutter und stützte sie, da sie aufgrund ihrer Verletzung nur humpeln konnte. Sandra erreichte das Auto zuerst und betätigte die Fernentriegelung. Sie öffnete die hintere Tür, sprang selbst auf den Fahrersitz und steckte den Zündschlüssel ins Schloss. Pat stieg ein und setzte sich auf die Rücksitzbank. Alex und Debbie erreichten ebenfalls das Auto. Alex half seiner Mutter auf die Rücksitzbank neben Pat, schloss die Tür und lief um das Auto herum, um sich auf den Beifahrersitz zu setzen. Er betätigte die

Zentralverriegelung von innen, und alle Türen waren verschlossen. Dann schaute er Sandra auffordernd an. »Fahr«, drängte er. Sandra hob verzweifelt die Hände. »Wie? Der Zündschlüssel steckt, aber der Wagen startet nicht!« Alex verdrehte die Augen und konnte sich ein Lächeln nicht verkneifen. »Automatik! Du musst das Bremspedal treten!« Sandra trat auf das Bremspedal, legte erneut den Zündschlüssel um, und der Wagen sprang an. Doch sie gab zu viel Gas, und der Wagen schoss über den Parkplatz. »Langsam!«, schrie Alex. Sandra machte eine Vollbremsung und versuchte dann, langsam und kontrolliert zu fahren. Ein Unfall konnten sie sich jetzt nicht leisten. Sie fuhren vom Parkplatz auf die befestigte Straße. Als sie die Straße erreichten und den leichten Anstieg hinunterfuhren, schrie Sandra vor Freude auf. Alle schreckten auf. Alex schlug ihr auf den Arm. »Verdammt, musst du so …?« Pat schrie auch laut auf, aber nicht vor Freude. Er sah den *Zwillingshund* aus dem mit Sträuchern bewachsenen Wall, der neben der Straße verlief, auf den Wagen zustürmen. Der Hund landete mit einem Knall auf der Motorhaube direkt vor der Windschutzscheibe und starrte Sandra mit gefletschten Zähnen an. Sandra erschrak und alle schrien auf, als sie mit Vollgas das Steuer herumriss. Der Wagen geriet außer Kontrolle und landete im Graben. Die Airbags wurden ausgelöst und öffneten sich mit einem lauten Knall. Der *Zwillingshund* wurde durch den Aufprall einige Meter weit weggeschleudert. Sandra fluchte, und der Wagen saß nun im Graben fest. Durch die beschädigte Windschutzscheibe konnten sie sehen, wie der Hund sich schüttelte und benommen wirkte. Er kam wieder zu sich, starrte auf das Auto, nahm Anlauf und sprang erneut auf die qualmende Motorhaube. Mit wildem Blick schaute er Sandra durch die Windschutzscheibe an und rammte seinen Kopf immer wieder gegen das Glas. Die Scheibe färbte sich rot von seiner aufplatzenden Haut, da die Stöße immer heftiger wurden. Alle im Auto schrien. »Er kommt gleich durch das Glas«, rief Debbie. Sie versuchten, die Türen zu öffnen, aber sie klemmten. Der *Audi* hatte sich so im Graben neben der Straße verkeilt, dass sich keine Tür mehr öffnen ließ. »Was sollen wir nur machen?«, schrie Sandra. »Hier!«, rief Pat und funktionierte den Rücksitz nach vorne. »Lasst uns in den Kofferraum klettern, da ist genug Platz.« Pat kletterte zuerst in den Kofferraum, gefolgt von Debbie. Alex kletterte über die Sitze nach hinten und verschwand ebenfalls im Kofferraum. Sandra starrte immer noch auf die Windschutzscheibe, auf der der Hund weiterhin wie besessen gegen das Glas donnerte. »Komm schon«, brüllte Alex und streckte seine Hand aus dem Kofferraum durch den umgeklappten Rücksitz zu ihr. Sie riss sich aus ihrer Trance und kletterte schnell nach hinten. Dabei hörte sie, wie das Glas brach und spürte den Luftzug, der ins Auto gelangte, durchzogen von dem Geruch aus Blut und faulem Atem. Schließlich kroch auch sie in den Kofferraum. Der Hund quetschte sich unbeirrt durch die zerborstene Scheibe, selbst die Schnitte, die das Glas in seine Haut riss, schienen ihn nicht aufzuhalten. Er landete im Wageninneren und sprang direkt auf den Rücksitz, genau in dem Moment, als Sandra die Rückenlehne vom Kofferraum aus nach hinten klappte. Wutentbrannt knurrte und bellte er, begann, den Sitz zu zerkratzen und Stücke aus dem Polster zu beißen. Im beengten Kofferraum konnten sie das Kratzen des Hundes hören und spürten, wie die gesamte Sitzbank durch die ungezügelte Gewalt des Tieres erschüttert wurde. »Kommt der etwa auch hier durch?«, fragte Pat ängstlich. Das Kratzen wurde immer intensiver, und der Hund jaulte auf, als er sich in einer Feder unter dem Polster verfing. Das steigerte nur seine Wut und er riss mit purer Gewalt weitere Federn und Polsterstücke heraus. »Er kommt hier rein«, sagte Alex entschlossen. »Wir stecken in der Falle. Wir müssen hier raus«, brüllte er. »Der bringt uns um«, schrie Sandra und rückte näher an Alex heran, denn sie war die Erste, die der Hund erwischen würde, wenn er durch das Polster in den Kofferraum gelangte. »Wir klettern aus dem Kofferraum, ihr rennt zum Auto des Försters. Ich halte den Köter auf«, sagte Alex und pumpte sich mit Selbstbewusstsein auf. »Nein, auf keinen Fall«, schrie seine Mutter panisch, und Pat begann zu weinen. Ein Lichtstrahl fiel durch die Sitzbank. Der Hund hatte es fast geschafft. »Er kommt durch, oh nein«, schrie Sandra. Die Panik ergriff sie alle. Alex trat immer fester gegen den Kofferraumdeckel, in der Hoffnung, dass er endlich aufspringen würde. Aber der Deckel bewegte sich nicht. Das Loch in der Polsterbank wurde größer, und sie spürten den Atem des Hundes. Er hielt inne, schnüffelte durch das Loch, knurrte und drehte dann durch, kratzte und biss wie von Sinnen, um das Loch noch größer zu machen. Die Schreie wurden lauter. »Beeil dich, er kommt durch, er kommt«, schrie Sandra und rutschte immer näher an Alex heran. Dann wurde es ruhig. Der Hund war verschwunden. Keine Nase mehr, die durch das Loch schnupperte. Sie hörten Geräusche außerhalb des Autos, das Klappern am Kofferraumdeckel. Bevor sie alle schreien konnten, wurde der Deckel mit einem Schwung geöffnet. Sie schauten ängstlich in die Gesichter von zwei Polizeibeamten. Erleichterung trat ein, als noch zwei weitere Beamte hinzukamen und in den Kofferraum blickten. »Kommen Sie«, sagte einer der zwei Polizeibeamten und half Debbie und Pat als Erstes heraus. Alex und Sandra kletterten selbst hinaus. Sie sahen zwei Krankenwagen heranfahren und noch zwei weitere Polizeiwagen. Die Krankenwagen hielten an, die Polizeibeamten stützten Debbie und brachten sie zu den Sanitätern. Sandra drehte sich um und schaute in das Innere des Wagens. »Wo ist er hin?«, fragte sie die Polizeibeamten, die sich schützend um sie herumstellten. »Den Hund meinen Sie?«, fragte einer von ihnen. Sie nickte. »Der ist sofort geflüchtet, als wir ankamen«, sagte er. Sie schaute ihn ängstlich an und suchte mit ihren Blicken die umgebenden Gebüsche ab. »Machen Sie sich keine Sorgen, wir haben alles unter Kontrolle und suchen das Gebiet ab.« »Er wird nicht weit kommen«, sagte ein anderer Polizeibeamter. »Woher wussten Sie …?«, fragte Alex, als die Polizeibeamten ihn und Sandra ebenfalls zu den Krankenwagen begleiteten. Debbie wurde gerade auf eine Bahre gelegt und ärztlich versorgt. Alex und Sandra gingen zu ihr. Ein Rettungssanitäter untersuchte Sandra. Sie schaute zu Pat, der im Krankenwagen saß und ebenfalls untersucht wurde. »Wir haben Ihren Vater gefunden«, sagte ein Polizeibeamter. Alle schauten den Polizeibeamten fragend an. »Er liegt im Krankenhaus. Wir mussten ihn in ein künstliches Koma legen. Es geht ihm nicht gut. Er konnte uns nur einige Bruchstücke sagen, bevor er das Bewusstsein verlor. Wir haben alle Waldstücke abgefahren, um Ihr Auto zu finden. Tut uns leid, dass es gedauert hat.« »Mein Mann, wird er durchkommen?«, fragte Debbie nervös und voller Hoffnung. »Wir wissen es nicht, die Nacht wird sehr schwierig für ihn. Er hat viel Blut verloren, sehr viel Wasser ist in der Lunge. Wir hoffen das Beste«, sagte der Polizist. »Fahren Sie uns zu ihm?«, fragte Alex. Pat stieg aus dem Krankenwagen, ging zu der Bahre mit seiner Mutter, nahm sie in den Arm und weinte. Auch Debbie weinte. »Es wird alles gut«, sagte sie zu ihm. Sandra wurde auch ärztlich versorgt und nahm, da sie sich nicht auf eine Bahre legen wollte, auf dem Ausstieg des Krankenwagens Platz. Sie schaute sich um. Es waren inzwischen zwei Dutzend

Polizisten vor Ort, zwei Krankenwagen, und sie sah einen Mann ganz in Schwarz gekleidet, mit einem ebenfalls schwarzen Hut. Er schaute sich mit zwei Polizisten ein bisschen um, unterhielt sich mit niemandem sonst und beobachtete die Familie aus dem Augenwinkel. Dann ging er die Straße hoch und verschwand in Richtung Wald und Sportplatz. Sie konnte sehen, dass hinter den Bäumen Blaulicht aufleuchtete und Scheinwerfer wurden eingeschaltet, da die Sonne inzwischen komplett untergegangen war und es dunkel wurde. »Wir haben den Förster gefunden«, sagte eine junge Polizistin. Alex nickte. Die Polizistin stellte sich neben Alex. »Sie heißen Alexander mit Vornamen?«, fragte sie. Alex schaute die Polizistin an, die sich lächelnd vor ihn auf die Motorhaube des Polizeiautos setzte. »Gefällt mir, darf ich Sie mit Vornamen ansprechen?«, fragte sie. Alex nickte und schaute sie verlegen an. Sie war ein schöner Anblick und entschädigte in dem Moment für die schlimmen letzten Stunden. Leider war sie bestimmt über dreißig Jahre alt. Viel zu alt für ihn, oder eher er zu jung für sie? War sie Polizistin? Oder doch Kommissarin? Sie trug nicht die übliche Polizeiuniform, sondern hatte nur an ihrem Gürtel die Polizeimarke hängen. Er wusste es nicht, wollte sie aber auch nicht fragen. Sie riss ihn aus seinen Gedanken. »Beckers. Zora Beckers, mein Name. Ich leite die Ermittlungen hier in dem Fall. Darf ich gleich in einem ruhigen Moment ein paar Fragen stellen?«, sagte sie zu Alex und schaute ihn dabei lächelnd an. Alex setzte sich neben sie auf die Motorhaube. Für ihn war jetzt gerade der richtige ruhige Moment und er wartete auf ihre Fragen. »Wer war der Mann gerade eben in dem Anzug?«, fragte Sandra neugierig einen Polizisten, der gerade an ihr vorbeiging. Der Polizist blieb stehen, schaute sie an, drehte sich um, schaute nach links und nach rechts. »Wen meinen Sie?«, fragte er. »Der Mann, der gerade in Anzug und Hut hier herumlief«, sagte sie. Der Polizist zuckte mit den Schultern. »Wahrscheinlich Presse. Sie wissen doch, wie die sind, wie Aasgeier.« »Ach so«, sagte Sandra und nickte nur. Sie schaute sich noch einmal um. Irgendwie kam er ihr bekannt vor, aber sie konnte sich nicht erinnern. »Haben Sie vielleicht eine Zigarette für mich?«, fragte Sandra den Polizisten. Er schaute sie an, griff in seine Jackentasche und holte eine Packung heraus. Sie nahm dankend eine Zigarette heraus und er bot ihr Feuer an. »Das tut gut«, sagte sie nach dem ersten Zug. Der Polizist ging nicht weiter, setzte sich neben sie und zündete sich ebenfalls eine Zigarette an. »So, wir fahren Sie jetzt alle ins Krankenhaus«, sagte ein Arzt. Debbie wurde in den Krankenwagen verladen, Pat stieg bei ihr ein. Sandra stand auf, Alex kam zu ihr, und sie nahmen sich in den Arm. »Danke«, sagte Sandra und drückte ihn fest an sich. »Aber der Bauch, ich komme ja fast nicht mit den Händen hinter dir zusammen«, flachste sie. Alex lächelte sie nur an. »Wo hast du denn schon wieder die Kippe her?«, fragte er sie und sah den Polizisten, der ihr die Zigaretten gegeben hatte. »Komm, Süße, teilen wir uns den Krankenwagen«, sagte er, nahm sie bei der Hand. Sandra machte noch schnell zwei tiefe Züge an der Zigarette, warf sie dann auf die Straße und sie stiegen in den Krankenwagen ein. Ein Sanitäter schloss die Türen hinter den beiden, stieg vorne in den Krankenwagen mit ein. Beide Krankenwagen fuhren die Straße entlang und in das gleiche Krankenhaus, in dem ihr Vater im Moment in einem künstlichen Koma lag.

Kapitel 11

Das Telefon klingelte im Haus der Steffens. Sandra humpelte leicht in ihrem weißen Bademantel, mit einem weißen Handtuch um den Kopf gewickelt, in das Wohnzimmer, wo das Telefon stand. Sie nahm es aus der Basisstation und drückte auf den grünen Hörer, um den Anruf anzunehmen. »Ja, bitte«, sagte sie, als sie das kabellose Haustelefon an ihr Ohr hielt. Es war ihre Mutter, Debbie. »Mom, wie geht es dir?«, fragte sie und ging vom Wohnzimmer in die Küche und von dort ins Badezimmer. Das Wasser in der Badewanne war gerade am Ablaufen. Sie hatte sich nach dem Krankenhausbesuch ein Bad gegönnt, um Blut, Speichel und den ganzen Schmutz aus dem Wald abzuwaschen. Sie stellte sich vor den Spiegel und betrachtete die Naht an ihrer Stirn. Sandra musste mit vier Stichen genäht werden, ebenso wie einige andere Stellen an ihren Armen und Beinen. Es hatte sie jedoch nicht so schwer erwischt wie ihre Mutter, die im Krankenhaus bleiben musste. Besonders ihr Bein, in das der Hund gebissen hatte, bereitete große Probleme. »Ja, Pat geht es so weit gut. Er liegt oben im Bett und ruht sich aus. Keine Sorge, ich kümmere mich um ihn. Ich bin gleich für ihn da, musste erst einmal baden. Bleibt Alex im Krankenhaus?«, fragte sie und wickelte sich das Handtuch vom Kopf. Ihre blonden, nassen Locken fielen auf ihre Schultern. »Hm, dann ist es gut, dass er dortbleibt. Psychisch geht es mir noch gut. Ich weiß nicht, ob ich schlafen kann. Morgen früh kommen wir direkt wieder ins Krankenhaus.« Sandra öffnete eine kleine Lüftung im Badezimmer, damit der Dampf entweichen konnte. Dann ging sie zur Tür, die zur Garage führte und schloss sie zweimal ab, wobei sie den Schlüssel stecken ließ. In Alex' Zimmer, das vom Badezimmer abging, machte sie kurz das Licht an, betätigte die Rollläden und ging hinein. Es war draußen sehr dunkel, da es kein Mondlicht gab. Anschließend verließ sie das Zimmer und schloss auch diese Tür ab. »Und Dad ist noch nicht aufgewacht?«, fragte sie ihre Mutter. Ihr Gesicht nahm einen traurigen Ausdruck an, als ihre Mutter antwortete. »Mom, das wird schon. Dad ist eine Kämpfernatur. Er hat das überlebt, und er wird durchkommen, daran glaube ich«, sagte sie, ging in die Küche, schaltete dort das Licht aus und dann im Wohnzimmer, bevor sie die Treppe zu ihrem Zimmer hinaufging. »Wir müssen nur die erste Nacht alle gut überstehen, dann schauen wir weiter«, fügte sie hinzu. Sie wusste, dass es nicht so einfach war. Jeder Moment ließ sie denken, dass etwas Unvorhergesehenes passieren könnte. Die ganze Zeit über hatte sie ein ungutes Gefühl und Angst. Aber sie musste das durchstehen, genauso wie ihre Familie. Als sie das Ende der Treppe erreichte, öffnete sie leicht die Tür zu Pats Zimmer und spähte durch den Spalt. »Pat schläft tief und fest. Ich kümmere mich um ihn. Alles ist gut«, flüsterte sie ins Telefon, während sie das Licht im Flur ausschaltete. Dann ging sie in ihr Zimmer und lehnte die Tür an. Die Nachttischlampe warf ein sanftes Licht in ihrem Zimmer und sie schaltete das große Deckenlicht aus. Sie legte sich in ihrem Bademantel auf das Bett. »Ich habe mich gerade hingelegt. Schlaf gut, Mom. Wir kommen morgen früh vorbei«, sagte sie und betrachtete ihr blau angelaufenes, genähtes Bein. Das Baden war sehr schwierig gewesen, da sie darauf achten musste, das Bein die ganze Zeit aus dem Wasser zu halten. »Okay, Alex kommt doch noch nach Hause?«, fragte sie erfreut. Die Aussicht darauf, dass er bald zurück sein würde, ließ sie sich weniger einsam fühlen. »Sag ihm bitte, dass er nur durch die Haustür hereinkommt, sonst habe ich alles fest verschlossen«, bat sie. Sie streichelte ihr Bein und hoffte, dass die Narben nicht zu groß bleiben würden und sie irgendwann wieder einen Minirock tragen könnte, ohne dass die Narbe wie eine Reklametafel alle Blicke auf sich ziehen würde. »Gut, bis morgen. Schlaf gut. Ich habe dich auch lieb«, sagte sie und drückte auf die 'Beenden'-Taste ihres Haustelefons. Sie lehnte sich zurück auf ihr Kopfkissen, starrte an die Decke, versank kurz in Gedanken und begann dann zu weinen. Sie schluchzte leise, unfähig, es zu stoppen. Schließlich stand sie auf, zog ihren Bademantel aus und schlüpfte in eine weiße Boxershorts sowie ein grünes T-Shirt mit dem

Logo der Band *Nirvana* und dem Gesicht von *Kurt Cobain*. Sie legte sich erneut auf ihr Bett und gerade als sie das Licht ihrer Nachttischlampe ausmachen wollte, hörte sie ein Geräusch vor ihrer Tür. Erschrocken schaute sie zur Tür. Pat stand dort und rieb sich die Augen. Er trug einen dunkelblauen Schlafanzug und sah ein wenig weinerlich aus. »Ich kann nicht schlafen. Darf ich zu dir?« fragte er. Bevor Sandra antworten konnte, war Pat schon in ihr Bett gekrochen. »Hast du geweint? Deine Augen sind geschwollen«, bemerkte er, während er die Bettdecke ergriff und sie über sie beide zog. »Ja, ein bisschen. Das war der schlimmste Tag, den ich je erlebt habe«, gestand sie und wischte sich die Tränen fort. »Lass uns schlafen, morgen sieht die Welt schon besser aus«, tröstete sie Pat. Sie schaltete das Licht aus und legte ihren Arm um ihren kleinen Bruder. Sie würden früh aufstehen und dann mit dem Taxi ins Krankenhaus fahren. Ihre Hoffnungen lagen auf dem Überleben ihres Vaters. Außerdem musste sie unbedingt ihren Freund anrufen, etwas, das sie völlig vergessen hatte. Sie schloss die Augen und lauschte dem sanften, unbeschwerten Atem von Pat. Das Geräusch wirkte beruhigend auf sie, und nach und nach schlief auch sie ein.

Kapitel 12

Sie wachte abrupt auf, als Pat erneut in ihr Bett kroch. »Was ist los? Kannst du nicht schlafen?« fragte sie leicht benommen. »Dort war ein Mann im Anzug und mit einem Hut im Garten«, erklärte er verschlafen und kuschelte sich wieder in ihren Arm. »Aber jetzt ist er weg.« Sandra grübelte leicht dösend vor sich hin. Wahrscheinlich hatte er es nur geträumt.

Wie hätte er etwas draußen im Garten sehen können? Es war dunkel, und sie hatten keine Außenbeleuchtung oder Licht von den Straßenlaternen. Ihr Haus lag zu weit von der Hauptstraße entfernt, als dass Licht den Garten erreichen würde. Sie drückte Pat an sich und schlief wieder leicht ein. Plötzlich wurde sie wieder geweckt, als Pat ihr etwas ins Ohr flüsterte: »Da ist etwas im Haus!« Sandra wachte auf und fragte: »Was hast du gesagt?« »Ich höre etwas im Haus. Ich höre es atmen«, flüsterte Pat, während er immer noch eng in Sandras Arm gekuschelt war. Sandra war augenblicklich hellwach. Wie könnte jemand im Haus sein? Alles war abgeschlossen. War es Alex? Sie schaute auf die leuchtende Uhr auf ihrem Nachttisch. Nein, es war zu früh für seine Rückkehr aus dem Krankenhaus. Er könnte unmöglich so schnell mit dem Taxi nach Hause gekommen sein. Sie horchte, ob sie irgendetwas hören konnte, aber es war still. So sehr sie sich auch anstrengte, sie konnte keinen Laut vernehmen. Pat schlief tief und fest. Sie wollte ebenfalls weiterschlafen, aber die Sache ließ ihr keine Ruhe. Sandra griff rüber zum Nachttisch, berührte dabei ihren Schlüsselbund mit dem *Bart-Simpson*-Anhänger und schaltete das Licht an. Sie stand leise auf. Sandra ging in den Flur und schloss die Tür leise hinter sich, um Pat nicht zu wecken, während sie weiterhorchte. Aber sie konnte immer noch nichts hören. Sandra ging leise die Treppe hinunter und schaltete das Licht im Flur ein. Hier war nichts zu sehen oder zu hören. Sie warf einen kurzen Blick in das dunkle Esszimmer und entdeckte nichts Auffälliges. Dann begab sie sich in die Küche und schaltete das Licht ein, doch auch hier schien alles normal zu sein. Sie öffnete die Badezimmertür und nachdem sie das Licht eingeschaltet hatte, stellte sie fest, dass auch hier alles so war, wie sie es zurückgelassen hatte. Sie durchquerte das Badezimmer, um zur Tür zu gelangen, die in die Garage führte, und überprüfte, ob sie abgeschlossen war. Sandra drehte den Schlüssel zweimal im Schloss um, um sicherzugehen. Dann warf sie einen Blick in Alex' Zimmer, aber er war noch nicht zurück. Als sie das Badezimmer verließ, schaltete sie das Licht aus und ging durch die Küchentür. Sie hatte gerade vor, das Licht im Flur auszuschalten und die Treppe wieder hinaufzugehen, als sie abrupt innehielt. Hatte sie die Tür zur Garage nicht vorhin abgeschlossen? Jetzt war sie nicht abgeschlossen und sie musste den Schlüssel erneut herumdrehen. Verwirrt über diese scheinbare Diskrepanz fragte sie sich, ob sie sich vielleicht geirrt hatte. Hatte sie nicht vorhin ihren Schlüsselbund auf dem Nachttisch berührt? Ihre Gedanken wurden unübersichtlich und sie konnte nicht mehr klar unterscheiden, ob das, was sie gerade erlebte, ein Traum oder die Realität war. Sie begann, sich unwohl zu fühlen und hatte das beunruhigende Gefühl, beobachtet zu werden. Ein Schritt zurück von der geöffneten Esszimmertür und schnell, aber leise ging sie die Treppe hinauf zu ihrem Schlafzimmer, um sich vor dem Unbekannten zu schützen. Gerade als sie die letzten Stufen der Treppe hinaufstieg, bemerkte sie aus dem linken Augenwinkel, wie das Hinterteil des *Zwillingshunds* leise durch die Tür in Pats Schlafzimmer verschwand. Ihr Herz begann zu rasen. Wie konnte das sein? Wie war der *Zwillingshund* ins Haus gelangt? Hatte er Rache im Sinn? Wollte er sie oder Pat verletzen? Panik ergriff sie und sie versuchte, leise zu atmen, die letzten Stufen zur oberen Etage zu nehmen und sich auf Zehenspitzen an Pats Zimmertür heranzuschleichen. Ihre Hoffnung bestand darin, die Tür leise hinter dem Hund zu schließen. In dem Moment, als das Schloss der Zimmertür einrastete, brach im Inneren von Pats Zimmer Chaos aus. Der *Zwillingshund* hämmerte mit seinem Kopf gegen die Tür, kratzte daran, knurrte und bellte wütend.

Das Tosen wurde lauter und immer verzweifelter. Sandra konnte die Tür nicht abschließen, da es keinen Schlüssel gab, und das Schlafzimmer ihrer Eltern befand sich hinter Pats Zimmer. Sie drehte sich um, hoffte, dass der Hund nicht gelernt hatte, Türen zu öffnen und rannte in ihr eigenes Zimmer. In ihrer Panik war sie nicht mehr leise. Mit zitternden Händen schaltete sie das Deckenlicht ein, weckte Pat auf. Er erwachte schreckhaft und erkannte die Angst in Sandras Augen. »Komm, wir müssen uns verstecken. Der verdammte Köter ist hier«, sagte sie entschlossen und nahm Pat an der Hand. Bevor sie das Zimmer überstürzt verließen, warf sie noch einen Blick auf ihren Nachttisch. Dort lag ihr Schlüsselbund mit dem *Bart-Simpson*-Anhänger. Doch sie hatte keine Zeit, weiter darüber nachzudenken. Der *Zwillingshund* war kurz davor, die leichte Zimmertür aus Spanplatte in Pats Zimmer komplett zu durchbrechen. Sie rannten die Treppe hinunter, durch die Küche, ins Badezimmer und dann in die Garage, nachdem sie die Tür aufgeschlossen hatte. Der Gedanke, sich im Auto zu verstecken, kam ihr in den Sinn, doch dann erinnerte sie sich, dass das Auto im Graben steckte. Die Garage war leer, und die Tür zum Garten stand offen. Die Sicherheitsbalken, die normalerweise die Tür von innen sicherten, lagen auf dem Boden. Das konnte kein Hund gewesen sein. Doch sie hatte keine Zeit, weiter darüber nachzudenken, als sie hörte, wie die Schlafzimmertür im Obergeschoss nachgab. Das Poltern auf der Treppe wurde lauter und näher. Sie packte Pats Hand und lief mit ihm in den unfertigen Neubau des Hauses. Sie sprinteten einen dunklen, unfertigen Flur entlang, bogen links ab und gelangten zu einer Betontreppe in L-Form ohne Geländer. Barfuß liefen sie die Treppe hoch und der raue, unbehandelte Beton schmerzte an ihren Fußsohlen. Der Raum im Obergeschoss war mit Kisten zugestellt, Werkzeug lag herum und unfertige Steckdosen waren zu sehen. Am hinteren Ende stand eine Tischtennisplatte, auf der sie eigentlich alle gemeinsam spielen wollten, es jedoch nie geschafft hatten. Der Hund in der Garage schnüffelte und suchte ihre Spur. Sandra sah den Durchgang in die Kneipe und führte Pat dorthin. Sie half ihm, die Stufe hinunter in die Kneipe zu nehmen, und bat ihn, sich hinter der Theke oder hinter dem Billardtisch zu verstecken. Sie würde versuchen, den Hund abzulenken. Sobald sie ihn rief, sollte Pat aus seinem Versteck kommen, die Treppe hinunterlaufen, in den Garten fliehen und zu den Nachbarn, den Panthels, gehen. »Was ist mit dir?«, fragte er sie ängstlich. »Ich komme nach«, sagte sie. Pat ging in die Kneipe und vorsichtig an der Theke entlang. Sein Vater hatte ihn immer gewarnt, nicht auf dem Boden zu laufen, weil Einsturzgefahr bestand. Sein Vater hatte geplant, den Fußboden der Kneipe seit Monaten zu renovieren und sicherer zu machen. Sandra ging in den hinteren Teil des Neubaus und versteckte sich zwischen ein paar Kisten mit altem Gerümpel. Sie hörte, wie der *Zwillingshund* langsam die Betontreppe nach oben kam. Er konnte ihren Geruch verfolgen. Er hatte es nicht eilig, denn er wusste, dass sie nicht entkommen konnte. Der *Zwillingshund* hatte die letzte Stufe nach oben erreicht, stand dort und schaute sich um. Er sah nichts. Lautlos fletschte er die Zähne und schnupperte. Er roch Pats Geruch und ging in Richtung des Durchgangs zur Kneipe. Sandra konnte es sehen. Sie war sich sicher, dass Pat sich noch nicht richtig versteckt hatte. Dafür war er immer viel zu langsam. Der Hund schaute durch den Durchgang und entdeckte Pat, der sich langsam und vorsichtig in Richtung des Billardtisches bewegte, um sich dahinter zu verstecken. Der Hund bellte aggressiv. Pat erschrak, trat einen Schritt zurück. Der Boden brach unter ihm ein und ein großes

Loch bildete sich. Er konnte sich jedoch noch mit beiden Händen am Rand des Lochs festhalten, drohte aber jeden Moment abzurutschen und hinunterzustürzen. Sandra hörte das und sprang aus ihrem Versteck. Der *Zwillingshund* drehte sich fast wie in Zeitlupe zu ihr um und lächelte sie mit seinen gefletschten Zähnen an, bevor er auf sie zustürmte. Sie schrie auf, rannte zu der Tischtennisplatte, die unterhalb der Platte mit Kisten zugestellt war. Sie rannte um die Platte herum und wartete. Der Hund bremste ab, sah sie und berechnete den schnellsten Weg zu ihr. Er jagte links um die Tischtennisplatte herum. Sandra rannte einmal um die Platte herum, während der Hund abbremste. »Hilfe!«, schrie Pat. Sandra hörte es und war verzweifelt. Sie konnte ihm nicht helfen, ohne ihre Deckung aufzugeben. Der Hund überlegte kurz, sprang dann auf die Tischtennisplatte und auf Sandra zu. Sie wich zurück und stürzte in eine Kiste mit Arbeitsmaterial. Der Hund war über ihr. Um sich zu schützen, drückte sie ihren Ellenbogen in den gewaltigen, beißenden Kiefer des *Zwillingshundes*. Sie hatte das einmal in einem *Batman*-Comic von Pat gesehen, in dem *Batman* von zwei Hunden angegriffen wurde und sich auf dieselbe Weise schützte. Der *Zwillingshund* drückte seine

Zähne tief in ihr Fleisch, begann auf dem Knochen unter dem Fleisch zu mahlen. Sie schrie unter Schmerzen auf. Sie spürte die Zähne auf ihrem Knochen. Der Schmerz war unerträglich. Sie konnte ihre Blase nicht halten und pinkelte sich in die Hose. Pat schrie wieder um Hilfe. Sie vergaß ihren Schmerz, als der Hilfeschrei von Pat in einem Klatschen, wie ein riesiger Schinken auf Beton, endete und sie ihn nicht mehr hörte. »Nein«, schrie sie verzweifelt auf. Sie spürte den Schmerz durch den immer stärker werdenden Biss des Hundes nicht mehr. Ihre Nerven waren zu überlastet. Sie hatte Wut, sie wusste nicht, was mit Pat passiert war. Sie griff mit ihrer rechten Hand neben sich, tastete hastig nach etwas, das sie dem Hund über den Schädel schlagen konnte. Sandra fand nichts. Sie tastete blind weiter. Bis sie eine Akkubohrmaschine in der Hand hatte. Die war aus einer der Kisten gefallen, als Sandra in diese gestürzt war. Sie griff danach und betete, dass der Akku geladen war. Er war es. Sie schaltete den Bohrer ein, umklammerte mit ihren Beinen den Rumpf des Hundes, so dass er sich nicht nach hinten winden konnte und rammte den Akkubohrer dem Hund direkt in das rechte Auge. Der Hund jaulte auf, ließ aber nicht mit seinem gewaltigen Biss von ihr ab. Er drückte sich den

Bohrer selbst immer tiefer ins Auge, um weiter an Sandra heranzukommen. Sie hatte ihren Ellenbogen vor ihrer eigenen Kehle, der Bohrer war schon fast komplett im Auge des Hundes verschwunden. Sie schrie auf. Das Blut und Augensekret wurden durch den Bohrer herumgespritzt. Es traf ihr Gesicht, ihre Kleidung und in ihren Mund. »Verrecke du scheiß Vieh. Verrecke, Verrecke« schrie sie immer lauter und ihre Kraft stieg durch ihre Wut. Sie rammte ihm die Bohrmaschine mit voller Wucht weiter durch das Auge, bis der Bohrer im Gehirn des Hundes ankam und es durchbohrte. Sie biss die Zähne zusammen und kreiste mit dem Bohrer in seinem Schädel umher, um möglichst viel Schaden anzurichten. Und das tat er. Der Hund zuckte, jaulte und ließ kurz los, dann biss er erneut zu, bevor er schließlich mit einem fauchenden Knurren aufhörte zu beißen. Sein Kiefer öffnete sich, ohne Kraft dahinter. Der *Zwillingshund* hörte auf zu atmen, seine Muskeln entspannten sich, und sein Gewicht fiel schwer auf Sandra. Sie zog ihren blutenden Arm aus seinem schlaffen Maul und ließ die Bohrmaschine los, die im Schädel des *Zwillingshundes* steckte. Das Blut aus seinem Auge floss in großen Mengen auf sie. Sandra musste sich übergeben und schob unter großen Anstrengungen den Hund von sich. Sie musste nach Pat sehen, ihm helfen. Sie hatte keine weiteren Hilferufe von ihm gehört. Sie kroch von dem Hund weg, stand zittrig auf den Beinen und wankte zum Durchbruch. Sandra schaute hinein, konnte Pat jedoch nicht sehen. »Pat!«, schrie sie verzweifelt, drehte sich um und wankte zur Betontreppe, um sie hinunterzulaufen. »Nein, nein, nein!«, schrie Sandra und stürzte mehr die Treppe hinunter, als dass sie sie herunter lief. Sie rannte durch den kleinen Flur in die Garage und den Abstellraum, der unter der Kneipe lag. Sie sah das Loch in der morschen Holzdecke. Darunter lag Pat auf dem kalten Betonboden. Sie hielt sich die Hand vor den Mund. Pat lag verdreht auf dem Boden, es sah unnormal aus. Sie ging langsam zu ihm hin, flüsterte seinen Namen, Tränen liefen über ihr Gesicht. Sie kniete sich neben ihn, streichelte seinen Kopf, legte ihn mit ihrem rechten Arm auf ihre Beine, beugte sich herunter und küsste seine Stirn. »Oh nein, nein«, wimmerte Sandra. »Mein Kleiner, nein, nein!« Sie drückte ihren Kopf an seinen. Ihre blonden Locken fielen über seine geschlossenen Augen. Sie legte die Arme um ihn, um ihn bei sich zu haben. So saß sie weinend einige Minuten, in dem Gedanken, ihren geliebten Bruder verloren zu haben. »Mein Bein«

schluchzte er plötzlich. Sie schaute auf, lächelte und drückte ihn noch fester. »Au, au«, sagte er leise. Sie weinte vor Glück. Sie hatte gedacht, sie hätte ihn verloren. Er war nur bewusstlos gewesen. Sein Bein war gebrochen, aber das würde in ein paar Wochen verheilt sein. Sie würde ihm helfen, für ihn da sein. »Verzeih, dass ich dir nicht helfen konnte«, sagte sie und küsste erneut seine Stirn. Er umarmte sie etwas unbeholfen, und sie spürte, wie er durch ihre Locken schaute, die wieder vor sein Gesicht gefallen waren. Im Eingang zum Abstellraum stand der *Zwillingshund*, mit einem aggressiven Gesichtsausdruck, der Akkubohrer steckte immer noch in seinem Schädel. Pat atmete schwerer und schwerer, unfähig zu sprechen. Sandra lockerte ihren Griff etwas und schaute in sein Gesicht. Sie konnte in seinem Blick erkennen, was hinter ihr stand. Sie stand langsam auf, drehte sich um und starrte den *Zwillingshund* an. Der Hund sammelte ein letztes Mal seine Kräfte und wollte zum Sprung ansetzen, schaffte es jedoch nicht. Er machte einen Schritt nach vorne. Sandra griff nach einem kleinen Holzbalken, der auf dem Boden lag und nahm ihn in ihre rechte Hand. Ihr linker Arm hing blutend herab. Entschlossen ging sie auf den Hund zu, der erneut zum Sprung ansetzte. Im letzten Moment traf ihn Sandras Holzbalken von unten. Sie schwang den Holzbalken so, als hätte sie einen Badmintonschläger in der Hand. Er landete direkt neben Pat. Der Hund rappelte sich langsam wieder auf und knurrte Pat an. Nur Zentimeter trennten das gefährliche Gebiss des Hundes von Pats zarter Halsschlagader. Doch bevor der Hund zuschnappen konnte, traf ihn erneut ein Schlag von Sandras Holzbalken. Die Bohrmaschine steckte jetzt bis zum Akku in seinem Schädel. Sie holte noch einmal aus und die Bohrmaschine flog aus dem Hinterkopf des Hundes heraus. Der Hund hörte auf zu atmen. Er war tot, sein Schädel durch den Akkubohrer gespalten. »Du verficktes Mistvieh!«, schrie sie jubelnd, als der Hund endlich tot war. Sie schlug noch zwei weitere Male auf den Schädel des *Zwillingshundes* ein und hörte es knacken. »Na, geht doch!«, rief sie zu sich selbst. Sie ließ den Holzbalken fallen, kniete sich wieder neben Pat, legte ihren rechten Arm um ihn, half ihm auf und sie gingen aus dem Abstellraum in die Garage. »Wir brauchen dringend einen Krankenwagen«, sagte sie und warf noch einmal einen Blick auf die Leiche des Hundes. Der lag unverändert dort. »Man weiß ja nie«, murmelte sie zu Pat. Dann gingen sie ins Bad. »Verfickt«, wiederholte Pat lachend. »Na, so etwas darfst du nicht sagen. Stell dir vor, Mom hört das.« Sie drückte ihn fest an sich, und sie verschwanden in der Küche. Als sie ins Esszimmer kamen, wo die Basisstation des Telefons stand, öffnete sich gerade die Haustüre, und Alex kam herein. Er war sprachlos, als er die beiden sah: gebrochenes Bein, blutüberströmt. Er wusste nicht, was er sagen sollte. »Der letzte Hund liegt hinten im Abstellraum unter der Kneipe«, sagte sie gelassen. »Ist er tot?«, fragte Alex. »Ja, geh mal nachschauen«, sagte sie und nahm das Telefon, um den Krankenwagen anzurufen. Alex ging durch die Küche ins Bad und in die Garage. Als er den Fuß in die Garage setzte, hielt er kurz inne, zog seinen Fuß wieder eine Stufe hoch und lehnte sich nach vorne, um nur kurz hinter der Türe um die Ecke zu schauen, ob er etwas sehen konnte. Er war vorsichtig, hatte ein ungutes Gefühl. Er sah den Hund im Abstellraum tot auf dem Boden liegen, eine riesige Blutlache hatte sich um ihn herum gebildet. Alex schloss die Türe, drehte den Schlüssel um und kehrte zu seiner Schwester und seinem kleinen Bruder zurück. »Wie zum Teufel ist der hier reingekommen?«, fragte Alex und fasste sich an den Kopf. Sandra zuckte mit den Schultern. Sie hatte das Licht im Esszimmer eingeschaltet und sich auf einen der Stühle gesetzt. Sie hatte das zweite Telefon aus der Basisstation genommen. Pat setzte sich auf einen weiteren Stuhl neben sie. Er wollte sich an ihrem Arm anlehnen, schaute dann aber angewidert auf ihren blutenden Arm und ließ davon ab. Er hielt sein Bein fest und versuchte eine Position zu finden, wo er nicht so große Schmerzen hatte. Sandra schaute Alex nur fragend an. »Ich weiß es nicht. Alles war abgeschlossen, und dann war die Hintertür plötzlich doch nicht verschlossen. Mein verlorener Schlüsselbund ist anscheinend auch wieder da, obwohl das nicht sein kann. Ich bin völlig ratlos«, sagte sie und wählte die Notrufnummer. »Du tust ja gerade so, als hätte jemand diesem verdammten Hund geholfen. Das ist Quatsch. Du hast einfach vergessen abzuschließen und mit ein bisschen Geschick hat er die Tür aufbekommen. Oder er war schon drin und hat sich versteckt, oder was auch immer«, überlegte Alex. Doch Sandra schüttelte den Kopf. »Du zweifelst wieder an allem, was ich denke oder sage. Ich schwöre, ich habe die verdammte Tür abgeschlossen, und …« Sandra hörte auf zu sprechen, da sich am anderen Ende die Polizei meldete. Alex lehnte sich gegen den Türrahmen des Esszimmers, während Sandra mit der Polizei telefonierte. Er schaute wieder in Richtung Küche und konnte sich das nicht erklären. Obwohl es zu den Umständen gerade nicht passte, freute er sich auf die weiteren Ermittlungen, denn wenn er es richtig verstanden hatte, würde Frau Beckers die Ermittlungen leiten. Er freute sich schon darauf und hoffte, ihr in diesem Fall öfter zu begegnen. Diese Angelegenheit musste jemand überprüfen, selbst wenn das, was seine Schwester sagte, nicht stimmte. Spurensicherung, Befragungen, die Suche im Garten und die Klärung, wie der Hund überhaupt ihr Haus finden konnte, standen auf dem Plan. Immerhin wohnten sie nicht am Wald und sie waren von dort aus zuerst ins Krankenhaus gefahren. Diese Spur hätte der Hund nicht folgen können. Vielleicht würde er öfter die Gelegenheit haben, Frau Beckers zu sehen. Besonders ihre blonden, langen Haare und die leichten Sommersprossen auf ihrer hellen, makellosen Haut hatten es ihm angetan. Er wurde durch die laute Sirene des Krankenwagens aus seinen Gedanken gerissen. »Das ging aber schnell«, sagte Sandra und stand auf. Sie schaute aus dem Fenster und sah den Krankenwagen und ein Polizeiauto in die Einfahrt einbiegen. »Ich komme mit ins Krankenhaus. Ich bleibe nicht allein hier« sagte Alex etwas ängstlich und ging zur Haustür, um sie zu öffnen, damit der Rettungsdienst in das Haus konnte. Das Blaulicht des Krankenwagens erhellte den Nachthimmel vor dem Hause der Familie Steffens. Die Nachbarn waren aus ihren Häusern gekommen und schauten gespannt zu, als Sandra und Pat in den Krankenwagen stiegen. Alex setzte sich auf den Notsitz neben der Bahre, auf die sich Sandra zusammen mit Pat gelegt hatten. Alex schaute noch einmal in die Einfahrt, den Hof und auf das Licht im Haus, was sie vergessen hatten, auszumachen. Doch er machte sich keine Sorgen. Die Polizei war im Haus. Sie würden erst einmal alles sichern und dann auch bestimmt am Schluss das Licht ausschalten. »Können wir«, fragte einer der Sanitäter. Er schloss die Hecktüren und dann verschwand der Krankenwagen mit Blaulicht und ohne Sirene in die Nacht. Als er aus der Einfahrt um die Ecke bog, warfen die Scheinwerfer für einen kurzen Moment einen Schatten an die Wand. Ein Mann mit einem Hut stand im Garten. Als der Krankenwagen verschwunden, die Nacht wieder dunkel war und sicheren Schutz bot, bewegte er sich langsam durch den Garten in Richtung des Hauses und der immer noch geöffneten Hintertüre.

Ende

Erleben Sie weitere veröffentlichte Geschichten und Abenteuer aus dem Ringstahl - Universum:

"Calyx - Ein Roman über Freundschaft und Respekt"

In *Calyx* entfaltet sich die Geschichte einer ungewöhnlichen Freundschaft zwischen Armin, einem erfolgreichen Abiturienten, und dem kleinen Dennis, der von einem unheilbaren Virus bedroht ist. Armin, der seinen Zivildienst in einem städtischen Krankenhaus absolviert, stößt auf ein gut gehütetes Geheimnis um ein Zimmer, in dem Dennis isoliert liegt. Der Virus, übertragbar durch Blut und Körperflüssigkeiten, hat aus dem einst unschuldigen Jungen ein kleines Monster gemacht.

Trotz der Warnungen und der Furcht seiner Freundin Ruth vor einer möglichen Infizierung, entscheidet sich Armin dazu, das Vertrauen des kleinen Dennis zu gewinnen. Eine zarte Freundschaft entsteht, die von der unbarmherzigen Kontrolle von Doktor Pneuma und der Isolation des Jungen herausgefordert wird. Ruth, zunächst skeptisch, erliegt schließlich dem Charme und der Boshaftigkeit des kleinen Dennis.

Calyx ist nicht nur ein Roman über Freundschaft und Respekt, sondern auch eine Geschichte voller Humor, Dramatik, Spannung und Abenteuer. Die enge Bindung zwischen Armin, Ruth und Dennis wird auf eine harte Probe gestellt, als sie sich gemeinsam auf außergewöhnliche Abenteuer außerhalb des vermeintlich sicheren Krankenhauses begeben. In diesem Roman zeigt sich, dass im Leben nichts planbar ist und es immer anders kommt, als man denkt.

Severity - Eine Liebesgeschichte zwischen Träumen und Realität

In *Severity* entfaltet sich die Geschichte von Sabina, einer jungen, erfolgreichen Studentin, die auf den verschlossenen Nerd Raymund trifft. Was als scheinbar harmlose Begegnung beginnt, entwickelt sich rasch zu einer fesselnden Liebesgeschichte, die die Grenzen zwischen Träumen und Realität herausfordert.

Der Roman beleuchtet das allzu bekannte Gefühl der Liebe auf den ersten Blick und die

Schwierigkeiten, wenn die persönliche Begierde nicht erwidert wird. Sabina verfällt in eine scheinbar sinnlose Schwärmerei für Raymund, der ihre Gefühle nicht erkennt oder kennenlernen möchte. Trotzdem setzt sie alles daran, seine Aufmerksamkeit zu gewinnen, und die Geschichte nimmt unerwartete Wendungen, fernab von den üblichen Klischees.

Pascal Ringstahl, bekannt für seine vielseitigen literarischen Werke wie das E-Book *MeinHard*, den Horror-Thriller *Scrunch* über die Twin Dogs und den pädagogisch wertvollen Roman *Calyx*, wagt sich mit *Severity* in eine neue Richtung. Der Leser wird eingeladen, eine Reise in die Vergangenheit zu unternehmen, um die Sinnlosigkeit der Schwärmerei zu erleben. Was wäre geschehen, wenn eine Beziehung entstanden wäre aus jenen Momenten, als man sich auf den ersten Blick in eine Person verliebte, die nicht zu einem passte oder die Gefühle nicht erwiderte? *Severity* wirft die Frage auf, ob die Realität den Träumen standhalten kann.

****Prison: T.a.p.e.r. - Ein Kriminalroman voller Spannung, Humor und Ausweglosigkeit****

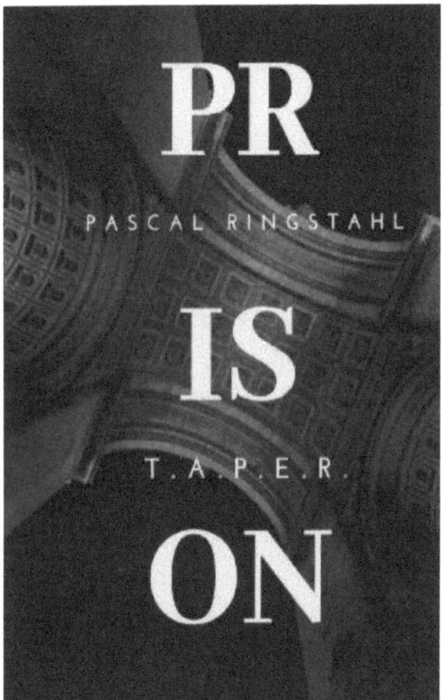

In *Prison: T.a.p.e.r.* begleiten wir die alleinstehende Kriminalkommissarin Zora Beckers durch einen scheinbar gewöhnlichen Tag, der sich rasch zu einem Alptraum entwickelt. Ein Schrottplatz mit nicht identifizierbaren Leichen, brutale Banküberfälle, und eine betriebsame Stadt in Angst - all das prägt den Alltag von Zora. Auf der Suche nach

Ablenkung nimmt sie den 17-jährigen Anhalter Tim mit in ihr Auto, nicht ahnend, dass dieser Ausflug zu einer gefährlichen Achterbahnfahrt wird.

Ein geplanter Banküberfall verwandelt sich in ein tödliches Katz-und-Maus-Spiel, als Zora und Tim von den Bankräubern verfolgt werden. Die Verbrecher schrecken vor nichts zurück, um ihr Ziel zu erreichen: Tim. Währenddessen übernimmt Zoras Kollege Benno die Ermittlungen, jedoch führen die Recherchen zu einer neuen Dimension des Terrors, die sämtliche Erwartungen übersteigt.

Pascal Ringstahl taucht nun mit *Prison: T.a.p.e.r.* in die düstere Welt der Kriminalität ein. Der Leser wird mit alten Bekannten konfrontiert und erlebt, wie sich eine neue Form der Ausweglosigkeit entfaltet, durchzogen von Humor und zahlreichen Anspielungen aus der Film- und Bücherwelt. Tauchen Sie ein in dieses fesselnde Werk und erleben Sie einen Kriminalroman, der die Grenzen des Erwarteten überschreitet.

www.ringstahl.com